纪念《锺山》创刊四十周年(1978–2018)

文学：
我的主张

贾梦玮　主编

Literature
My Proposition

图书在版编目（ＣＩＰ）数据

文学：我的主张 / 贾梦玮主编. — 南京：江苏凤凰文艺出版社，2018.11
ISBN 978-7-5594-2945-2

Ⅰ.①文… Ⅱ.①贾… Ⅲ.①中国文学－当代文学－文学评论－文集 Ⅳ.①I206.7-53

中国版本图书馆CIP数据核字(2018)第220334号

书　　　名	文学：我的主张
主　　　编	贾梦玮
责 任 编 辑	王　青　张　倩
出 版 发 行	江苏凤凰文艺出版社
出版社地址	南京市中央路165号，邮编：210009
出版社网址	http://www.jswenyi.com
印　　　刷	苏州越洋印刷有限公司
开　　　本	880×1230 毫米　1/32
印　　　张	9.25
字　　　数	168千字
版　　　次	2018年11月第1版　2018年11月第1次印刷
标 准 书 号	ISBN 978-7-5594-2945-2
定　　　价	65.00元

(江苏文艺版图书凡印刷、装订错误可随时向承印厂调换)

目　录

序　言　　　　　　　　　　　　　　贾梦玮 / 001

文学：我的主张
第一届（2014）《钟山》全国青年作家笔会

实诚人的手艺　　　　　　　　　　　王彦山 / 003
为了生的写作　　　　　　　　　　　孙　频 / 006
为什么是"80后"？　　　　　　　　甫跃辉 / 009
泥土的和平精神　　　　　　　　　　张羊羊 / 016
完整而独立的词语　　　　　　　　　郑小琼 / 020
纯文学的傲慢和想当然　　　　　　　徐则臣 / 024
在思想的园子里泡一壶茶　　　　　　高　璨 / 029
写作者的姿态　　　　　　　　　　　黄孝阳 / 033
小说不是"真人秀"　　　　　　　　黄咏梅 / 040
我只是一个讲故事的人　　　　　　　笛　安 / 043
诗歌：痛苦的发声学　　　　　　　　梁雪波 / 046
城市题材是宝藏　　　　　　　　　　滕肖澜 / 051

文学：我的主张
第二届（2015）《钟山》全国青年作家笔会

文学只对少数人开放	于一爽	/ 055
不敢说是主张	石一枫	/ 058
文学主张就是生活主张	朱 个	/ 062
我和我的世界	祁 媛	/ 067
写作是一场幻境	李 唐	/ 070
写作是需要学习的	余静如	/ 074
不是主张的主张	张 忌	/ 078
真正的诱惑都是宁静的	周李立	/ 082
为生存而呐喊	周如钢	/ 086
说几句"以兹鼓励"的话	育 邦	/ 089
我的几条看法	曹 寇	/ 092
文学的主张	蒋 峰	/ 095
个人经验之后该往哪里走	雷 默	/ 098

文学：我的主张
第三届（2016）《钟山》全国青年作家笔会

后现代之再后现代	西 元	/ 105
为何写作及主张	寒 郁	/ 108
我写作的一些感受	阿微木依萝	/ 112
孤独，倾述，以及名字	汤成难	/ 115
我们面前的障碍	庞 羽	/ 119
用文学进行生命的吐纳	马小淘	/ 122

隐秘而纯粹的快乐	池　上	/ 125
寻找文学与生活的平衡点	陆秀荔	/ 128
用爱为生命添加诗行	蒋志武	/ 132
写作这条跑道上	郑小驴	/ 136
我写历史小说，是想打开自由精神的空间	雷杰龙	/ 141
写作和庞大的社会现实	王小王	/ 145

文学：我的主张
第四届（2017）《钟山》全国青年作家笔会

不能把自己清洗一遍的小说不值得写	王苏辛	/ 149
造梦的人	毕　亮	/ 153
我为什么写作	向　迅	/ 156
文学的个性与担当	庄　凌	/ 160
最大的主张，是总有事物先于我的主张	陈志炜	/ 164
重建一种文学的问题意识	林　森	/ 168
让路过的人都停下来	郑在欢	/ 172
没有"们"的"我"的没有主张的"主张"	茱　萸	/ 179
我的写作体验：装置艺术与语言游戏	索　耳	/ 183
用心生活，用情写作	秦汝璧	/ 187
文学，让我学会原谅生活	唐诗云	/ 192
写作：追问不止	顾拜妮	/ 198
文学于我，是一种宿命	焦窈瑶	/ 201
不正确的写作者	熊森林	/ 205

文学：我的主张
第五届（2018）《锺山》全国青年作家笔会

我理想的写作状态就如同飞翔	三　三	/ 213
他的文学主张	王莫之	/ 216
顺其自然，拼尽全力写下去	文　珍	/ 219
我心目中的文学	朱　雀	/ 225
起源、现实感、虚构与整体性	刘　汀	/ 229
文学的画皮与瘾癖	刘国欣	/ 234
文字里，泛黄、闪烁、前人的声音和自己的声音	杨　怡	/ 239
我的文学主张	张天翼	/ 242
虚构的邀约	张怡微	/ 246
行走在有灵的故事里	林　遥	/ 253
把忧伤留给文字	周　恺	/ 258
关于当下文学生态的一点断想	周朝军	/ 262
持续写作的可能性	草　白	/ 265
人有天赋，我有药铺；人有大笔，我有砒霜	南飞雁	/ 268
偶然又必然，成熟又天真的小说写作者	徐　衎	/ 273
做一只笨拙的蜘蛛	曹　潇	/ 277
我的一点写作渊源	惠　潮	/ 280

序　言

贾梦玮

《锺山》一直非常关注文学的新生力量，这一倾向已经内在化为刊物的办刊理念和优秀传统。创刊四十年以来，为发现和支援文学新人，几代《锺山》人创新多种举措、创设多元机制，投入了极大的热情和辛勤的劳动，助推一批又一批青年作家从《锺山》走向文坛。

最近二十年来，文学观念发生了较大的变化，写作群体也有了明显的分野：有顺应、迎合主流意识形态的功利性写作；有迎合读者、一味追求发行量和点击率，以商业利益为目的的市场化写作；也依然有坚持人文本位，对社会现实、人生人性保持警醒意识的知识分子立场的写作。对于最后一种写作立场和精神取向的支持，《锺山》从未动摇，甚至连犹豫都没有过，而我们对文学新生力量的关注和推动也是基于对这样一种立场和精神的支持。

世纪之交，一批"60后"作家刚刚崭露头角之时，《锺山》就率先组织了全国首次"新生代小说家研讨会""新生代作家笔会",为新生代文学摇旗呐喊,当时引发了文坛很大的反响和争议。为保持《锺山》的"新"和"锐",2014年至2018年,《锺山》先后举办了五届全国青年作家笔会,每年一届,主题不变,十余位青年作家就"文学:我的主张"阐述自己对文学的理解,以自己的亲身经历畅谈自己文学创作的动力和目的,他们真诚的态度、催人泪下的故事、文学的理想,让在场的每一位感动不已。他们的观点也为当代文学提供了新的元素、新的种子。值此《锺山》创刊四十周年之际,我们将这些精彩的文字结集出版,以纪念这五次让人难以忘怀的文学聚会,也让更多的读者得以分享他们对文学的独到见解。

《锺山》从不以年龄划分作家,事实上,同为80后、90后,个体之间在文学观念和价值选择上本就有很大的差异性。我们更关心年轻作家在写作实践中所呈现的价值立场和精神取向,而并不刻意强调他们属于哪个代际。因此,与其说我们关心青年作家,不如说我们是想在年轻的作家中寻找声气相投者、志同道合者。

五年过去了,我们欣喜地注意到,在参加《锺山》全国青年作家笔会的名单中,有不少青年作家已经成长为当下文坛不容忽视的生力军,他们必将给未来的中国文学带来更多的活力和希望,我们也将会一如既往地关心关注他们(以姓氏笔画为序):三三、于一爽、马小淘、王小王、王苏辛、王彦山、王莫之、文珍、石一枫、西元、毕亮、朱个、朱雀、向迅、庄凌、刘汀、刘国欣、池上、汤成难、祁媛、孙频、李唐、杨怡、甫跃辉、余静如、张天翼、张羊羊、张忌、张怡微、陆秀荔、阿微木依萝、陈志炜、林森、林遥、周如钢、周李立、周恺、周朝军、庞羽、育邦、郑小驴、郑小琼、郑在欢、草白、茱萸、南飞雁、秦汝璧、索耳、顾拜妮、徐则臣、徐衎、高璨、唐诗云、黄孝阳、黄咏梅、曹寇、曹潇、笛安、梁雪波、蒋志武、蒋峰、惠潮、焦窈瑶、寒郁、雷杰龙、雷默、熊森林、滕肖澜……

文学：我的主张

第一届（2014）《锺山》全国青年作家笔会

实诚人的手艺

王彦山

俄罗斯有个民间故事，翻译成中文叫《世界第一傻瓜和他的飞船》，说从前有个老农夫，他和他的妻子有三个儿子。老大和老二都很灵光，而且吃不得一点亏，老三很驽钝，就像个傻瓜，大家都叫他傻廖沙。一天，这个国家的沙皇要把自己的女儿许配给能送他一艘飞船的人。两个哥哥蠢蠢欲动，想不造船就把沙皇的女儿娶到家。于是他们在父母的祝福和丰富的物质支持下，踏上了冒险之旅。傻廖沙则被冷落一旁，在他的苦苦哀求下，父母才勉强让他上路，不过在他口袋里就装了些干巴巴的黑面包渣和一壶白水。故事结局和所有古今中外的寓言一样，像小孩子一样单纯，甚至比很多小孩子还要天真的傻廖沙，最终获得了胜利。他不仅找到了一艘飞船，还请每一个他见到的人上船，他们在船上快乐地唱歌、漫游。在这些人的帮助下，傻廖沙和沙皇斗智斗勇，最后赢得了公主的爱情和价值连城的嫁妆。两个哥哥则再也没有什么消息。

这则俄罗斯民间故事给我们最大的启示，其实还是一个老套的说教，那就是：实诚、善良的人往往最后能得到上天的眷顾，收获人人渴望的成功。这个故事也很像中国传统的学手艺的过程，同样一个师傅，两个学生：一个聪明，一个笨拙但实诚，往往最后那个略显笨拙的才能得到老师的真传，聪明的那个可能由于想法太多，半路开小差，去干了别的营生。

写诗亦然，做诗人亦然。诗歌是实诚人的事业。这种实诚，看起来拙，其实包藏人生很多的智慧。比如对技艺孜孜不倦的摸索，对自己近乎偏执的不妥协，对自己事业无限的热诚。毕竟诗歌天才还是极少数，大多数诗人都要靠自己这种后天的笨拙的训练，才能完成心中的那首带着圣洁的、光辉的，带有殉道色彩的悲怆之诗。

太阳底下无新事。说来说去，其实还是一些常识。诗歌作为一门实诚人的手艺，你必须老老实实地面对这门技艺。前辈们走过的路，你都得认认真真地走一遍，甚至前辈们不曾抵达的路径，你都要试着去蹚出一条血路来，正所谓在无字处读书，在无路处走路。前辈们热爱过的山川湖泊，你都得真真切切地爱一遍，甚至要比前辈们爱得更决绝，更壮怀激烈。这些功课，你一门都少不得去做。这很像《论语·述而》里孔子讲的，"其为人也，发愤忘食，乐以忘忧，不知老之将至云尔"。

路漫漫其修远兮，愿每一个傻瓜廖沙，都能乘着诗歌这艘飞船，找到你的公主。

王彦山，男，1983年生，山东邹城人。诗作发表于《诗刊》《诗选刊》等多种报刊，入选多种选本，出版有诗集《一江水》《大河书》等，曾参加《诗刊》社第30届"青春诗会"。现居江西南昌，供职于某出版社。曾在《锺山》发表多组诗歌。

为了生的写作

孙　频

关于文学的主张必定千差万别，因为写作个体本身就是千差万别的。必定每个个体都有着自己最深的渴望和最隐秘的写作通道。说起写作，我非常赞赏大江健三郎说过的一段关于写作的话："我在极不确定的感觉中对抗着那些疯狂而恐怖的东西，摸索着扎下自己的根。如果我不写小说，大概我也会不得不留下年复一年越来越忧郁的遗书吧。然而，与其说我在小说的世界中把自己的想象力用于确立与某种近似于恐怖、黑暗而可怕的东西相抗衡的光明而正义的东西，毋宁说我一直试图把那些近于疯狂的东西更明确地呼唤到自己的意识中，并把黑暗、混沌、悲惨的东西引到明处来。这种意识不知能否根除其毒性，我只能继续写下去，否则我会立刻毁灭的。"这其实是一种关于生的写作态度。我也愿意把自己的写作看作是关于生的写作。

一旦把写作的功能定位于此，它其实就与宗教和哲学有了暗合之处，就像宗教向人类提供了最大的慰藉与满足，通过丧失自我，人便能够与上帝和自然合而为一。事实上任何一种对精神的献身与自我沉湎都能获得这种满足，而写作就是其中的方式之一。作为人类，其实我们一直处于与这个世界的对立状态，关于这种对峙中产生的创伤的治愈便是关于生的写作。所以，写作的核应该是关于人类的苦难和疾病的，应该是探求人类心灵史的，是应该朝着精神的深度和纬度走去的。我以为这种探索是小说最本质上的意义，探索得越深才越能获得一种存在的自由。

有时候我觉得作家的职业与敦煌千佛洞里的画工很相似，与其说他们在那洞里画出了一幅幅不朽的壁画，不如说他们为人类画出了一盏盏心灯，因为，当时的洞里有多黑啊。为人类画出的心灯其实就是作家用文字争取来的人存在的更高尊严和意义。所以我一直觉得文学是最具有宗教气质的艺术形式。文学吸收了宗教的大量情感和情绪，再把它们传达给人类。文学就是宗教精神的文字体现。所以文学必定会带有补偿与救赎的性质，它生来就是要与黑暗和绝望抗争的，是用来消解苦难的，对于人们来说，这种生才是文学中的生。

时代嬗变至今，写作方式层出不穷几近于琳琅满目，年轻作者更甚，以揣摩读者心理精准且卖相好的畅销书也算一种对世界的征服，粉丝云集总会让一个作者获得一种存在感。但是写作毕竟是一件很私人化的事情，它通往一个怎样的方向仍然应该由一个作者内心深处最隐秘的渴望与疼痛来决定，那就是，还是应该去写那些最想表达最想碰触的东西。也许这种选择必然导致清贫与寂寞，会导致一个写作者灵魂里永无休止的剧烈冲突，但也会让一个写作者面对这个世界永远怀有敬畏和骄傲之心。而所有真正的艺术都是由这两种感情来完成的。这就是生的方向，就是怎样才能让人们更好地活着。

孙频，女，1983年生，山西交城人，2008年开始小说创作，作品被各类选刊选载，入选多种选本，出版有《假面》《盐》《疼》《松林夜宴图》等多部小说集，获"紫金·人民文学之星"、第六届紫金山文学奖等。现为江苏省作家协会专业作家，在《锺山》发表《同体》《抚摸》《万兽之夜》等多篇作品。

为什么是"80后"?

甫跃辉

"文学:我的主张"主题讨论会上,范小青老师问,来参加笔会的,是否都在《锺山》杂志发表过作品?贾梦玮老师说,百分之九十九吧。范老师问,那百分之一是谁?我说是我。其实我想说,我是代表那些没在《锺山》发表过作品的广大写作者来参会的。是一家家杂志、一位位编辑,伴随我一直写作到今天。我曾不止在一个场合说过,我写作从来只是遵从内心,不是为发表写,也不是为读者写——因为读者实在太少,我也不知道这读者在哪儿。但真的如此吗?若完全不发表,完全没读者,我还能一直写下去吗?写作是孤独的事业,但人都是脆弱的,绝对的孤独,是太难承受了。

所以,我们需要让写作变得热闹一些,比如,一堆写东西的人不时要聚一块儿聊聊,算是抱团取暖吧。我常听到人们——尤其是年轻人谈论文学。说实在的,我越来越不喜欢这样的场合了。因为差不多都是那么些话,都说的西方文学、哲学、历史。并不是说这些不好,但就只能说这些吗?它们让文学成为比较谁聪明和渊博的游戏。

我们这代人接触的书和信息很多，聪明和渊博，在某些时候，反倒不是最重要的。

我读同辈人的作品虽不算很多，但也不少，多数重要作家的作品我都读过。今年，好多本重要刊物集中刊发"80后"的作品，我都找来看了。"出道"十多年了，"80后"仍旧被这些刊物当做"新人"对待，真是个奇迹。"80后"写作者一直被当作早熟的一代，多少人头顶"少年天才"的光环啊！我们其实是特别晚熟的一代。或者说，我们被媒体和大众的"早熟"论骗了，反倒晚熟得厉害。以致"80后"写了这么多年，仍被当作"新人"，得到各种刊物的"优待"，作品即便不是很好，仍然可以因为"新人"的标签被发表。

为什么"80后"会这样？有两个原因或许比较重要：一是这代人有不少独生子女（说"80后"是独生子女的一代，这也是个带有迷惑性的提法。我曾经看到一个数据，"80后"中的独生子女所占比例不到百分之二十），容易自认为"独一无二"；二是这代人完全生活在改革开放后，社会环境较好，能够比较早地开始写作，但很快就被商业利用了，进而让一些"80后"沉浸在"天才"的迷梦之中。"天才"了这么多年，有什么特别牛的作品吗？

同样作为"80后"，让我说一部让我印象深刻的"80后"作品，一时还真说不出来——或许是我没读到？我把这几本刊物翻出来，花了一个多月时间，一篇一篇读下去。可如今，要问我有什么印象深刻的，我仍旧很难说出来。

我接着读了几篇关于"80后"的文章：李敬泽老师的《一种毁坏的文化逻辑》，王干老师的《80后作家的分化与渐熟》(《光明日报》2014年9月22日)，徐妍老师的《文学生产机制视角下解读青年写作现象的新格局》(《上海文学》2014年第11期)，以及同辈人杨庆祥的《80后，怎么办？》(《今天》2013年秋季号)，黄平、金理的对谈《什么是80后文学？》(《南方文坛》2014年第6期)，岳雯的《80后创作新观察：80后作家，文艺的一代》(《光明日报》2014年11月3日)。这几篇文章，在分析"80后"这个十多年来的重要文学现象时，有不少不谋而合之处，和我此前对几家刊物上"80后"作品的阅读印象也比较接近。

首先，假现实。几年前，不少人提倡"底层文学"。很多人赞同，也有很多人反对。我也不喜欢这提法。首先是怎么界定"底层"，其次是对所谓"底层"的书写，变得非常模式化，写来写去，村支书都是欺男霸女的，打工者都是极其悲惨的。"80后文学"着力较多的不是"底层"叙事，而是"校园叙事""青春叙事""文艺青年叙事"。随着"80后"纷纷告别校园，"校园叙事"算是偃旗息鼓了，后面两种叙事，尤其最后一种叙事却越来越大行其道。这些叙事和"底层"叙事其实有同样的毛病，读多了，也一样地觉出模式化。什么逃避城市到乡下隐居啊,什么妓女都是善良无辜的啊,哦,还有一路开着车到哪儿哪儿去朝圣啊……读多了这样的小说,再离开屋子到这世界上走走,会觉得这世界无比陌生。

岳雯说:"如果说50后试图介入社会政治,60后则回到了人性的领域;如果说70后的写作建立在日常生活的楼阁之上,那么到了80后,他们将日常生活又推进了一下,也就是说,他们更在意的是被个人体验过了的现实,是精神现实。于是,现实呈现出更为精巧、幽微,也更为狭窄的图景。""我将80后的创作特质归结为两个字:文艺。"在我看来,这是对"80后"的极大批评,绝非赞美。

其次,伪先锋。如果说活跃于上世纪八十年代的先锋小说家们是向西方学习,我们现在不少所谓"先锋"小说,要么是继续向那些已经被学习过无数次的西方小说家学习,要么是向八十年代那些先锋作家学习。也就是说,要么继续做西方小说家的学生,要么做西方小说家的学生的学生。那些早就"先锋"过的东西,拿到现在来炒冷饭,还能算作"先锋"么?怕只能是"后锋"了吧?

近百年来,我们在文学上一直向西方学习,包括很多大作家。如今,年轻一代写作者仍旧如此。甚至于,我们不再向西方的大师级作家,比如托尔斯泰、陀思妥耶夫斯基、巴尔扎克、福克纳等学习,而是向那些三四流作家学习。很少有年轻写作者谈论四大名著、《聊斋志异》和《海上花列传》

等作品。我们的作品里，也很少看到这些作品的影子。这些作品真的就过时了？这些从我们的土地上自然生发出来的作品，是否仍然存有再度先锋的可能呢？我们能否真正创造出适合于今日文学的最恰当形式？

在我看来，"先锋"文学就是为文学提供新的、最恰切的形式和内容的文学。但"80后"文学里，并没出现这样的作品。黄平在接受媒体采访时说，"对文学发展构成发展的'80后'作家还未出现"，实在是一针见血。

最后，真撒娇。这是让我最为失望的一点。有些"80后"写作者，缺乏直面自我的勇气，或者说，有勇气，但演技实在太好。这几年，"体制"成了一个经常被人提起的词汇。很多写作者在网络上批评"体制"，比如莫言获奖，就有人批评他是"体制内"作家。但那些批评的人呢？不少就是所谓"体制内"的人。事实上，没人能够脱离"体制"。"80后"写作者也有不少人做出反抗的姿态，在网络上表演，在作品中表演，仿佛这世界都在迫害他。然而，现实中"体制"带来的好处他们全没落下，他们不过是在跟他们"反抗"的对象"撒娇"。杨庆祥说："我越来越意识到，我们这一代人正生活在巨大的'幻象'之中。在对物质的无穷尽的占有和消费之中，在对国家机器的不痛不痒的调情中，我们回避了最根本性的问题，我们是谁？我们属于哪个阶级？我们应该处在世界史的哪一个链条上？我们应该如何通过自我历史的叙述来完成自觉的、真实的抵抗（抵抗个体的失败同时也抵抗社会的失败）？"这无疑是痛苦的，但只有看得见我们自身的黑暗，才有可能去寻找光明。

若我们连那个趋利避害的自我都不敢面对，谈何反抗？

若我们连真诚都做不到，谈何写作？

这三个印象，其实不光针对我看到的某些同代人的作品，也针对我自己。

回首自己近十年的写作，我越来越感觉到，实在没有哪一篇是值得一提的。到现在为止，我写出的所有作品都注定速朽。它们不是我期待的文学。通过它们，看不到这个巨变时代的疼痛和温暖，也看不到身处这个时代的真实的"我"。

是的，我想写出一个虽然卑微，但又巨大的"我"。

有人认为"80后"写作者特别自我，没能写出"广阔的世界"，就连小说的叙述者往往都是"我"。我不赞同这观点。文学本来就是自我的，作家的世界，都是作家看到的世界。没有"我"，哪里还有世界？这并非远离世界，相反，是更贴近世界。我们应该对自我和世界的关系有更深的认知。我可以去写农民工，写妓女，写战士，问题是，我为什么写他们？他们和我究竟有什么关系？只有把这关系弄清楚了，才有资格去书写他者。这也正是为什么我那么一再提起鲁迅先生的这句话："无尽的远方，无数的人们，都与我有关。"

这些人认为要写"广阔的世界"，还有一个理由，就是这世界太精彩了，什么奇奇怪怪的事儿都在发生。为什么还需要小说家虚构？问题是，写作的好坏，并不是以情节是否奇特为衡量标准的。再者，虚构的目的也不是为了"奇怪"。虚构是小说家的根本，是小说家对世界的态度。为什么在小说里让一个人死，让另一个人活？对小说家来说，这是天大的问题。这里有对整个世界的全部绝望和希望。

今年我三十岁了，不再是二十多岁的年轻人了，应该好好看看自己，看看世界了。

"80后"是这大变革时代催生的怪胎，也是这大变革时代的最佳观察者。当我们能够真切地看清楚自己，看清楚我们的虚假、虚弱、虚伪、虚荣，以及这之后的挣扎、无奈、妥协和奋起，当我们能够直面这一切，并把这一切行诸文字，或许我们才能写出"时代中的80后"和"80后中的时代"。我相信，那样的作品将是最接近不朽的。

甫跃辉，男，1984年生，云南保山人。2006年开始发表作品，作品入选多种选本。出版有长篇小说《刻舟记》、小说集《少年游》《动物园》《鱼王》《安娜的火车》等。现居上海，任某杂志社编辑。在《锺山》发表小说《短篇三题》等。

泥土的和平精神

张羊羊

当我熟悉的与汉语写作有关的人,把简历积攒得越来越长时,那并不意味着我们丰满了。我时常打量一下自身的审美装束,再想一想来历和出生,我就可以每一天怀揣感恩之心过下去。

从未想过把"主张"这个词语与文学放在一起,这让我一下子有了抵达第一现场的感觉,虽然我并没有离开过现场,并一直在角落里均匀呼吸着,但我缺少报幕员式的发音和口才。这些年,我的写作理念和姿态都比较随性,对潮流、走向不那么敏感,也没有刻意地经营风格与思考主张。我无拘无束地写着,想法也比较简单,就是给流逝的生活和我爱的人及事物留下一点诚挚的文字。所以,感谢《锺山》的这次相聚,让我得以从众多青年才俊的"主张"中发现其实我也是有"主张"的。我的记忆是一片美好的栖身之地,在那里,我小王国里的主角们像往常一样快乐地活着,并通过我的叙述,给以后的孩子们补充一些他们错过了的童话般的中国故事——那些生灵们在作为"食物"的认识之外，还会带给我们无限辽阔的温暖。

我时常回到出生的那个小镇，在那条叫西栅门的沿河老巷，喊上一碗看着就让人浑身舒畅的豆腐汤和一块刚烘出炉的大麻糕，过上一天感觉富有的江南生活。临水的巷子，将时光删繁就简，心也被洗得柔软而温润，待我的饱嗝里开始散发芝麻的香味，阳光似乎也为此寻踪而来，慢慢打开铁匠铺、裁缝铺、理发店、小酒馆……的惺忪的眼睛，一张张脸上写满迷人的旧。如果，我的少年时代未被汉字罗列秩序的奇妙触觉所吸引，我大概和现有的生活方式早早撇清了关系，我可以是这巷子里任何一家铺子的掌柜或伙计，这难道又有什么不好吗？可这也无法假设了，我已经让一个女人在二十多年的张望里变成了一位多看两眼就心疼的老母亲。

我就像一个生了病的孩子，每一天都带着一份愧疚感活着，我甚至觉得每天吃饭都在消耗许多鲜活的生命。而写作和喝酒一样，也成为我日常生活的一个部分并且能减轻我内心的愧疚感。诚如小王子问酒鬼为什么喝酒，酒鬼回答为了忘却羞愧。记得小时候，在水稻田、麦子地、桑树林忙碌的母亲，她因每季粮食和蚕茧的收成而享受来自耕作手艺的自豪表情，让我在多年以后才懂得了那种乡土中国的真切面容，温和的乡村总有一种隐形的文火之力——胼手胝足，知足常乐。时光流逝中，母亲已没有土地可精耕细作，我们的母亲有点不像母亲了，她们不再像以前那般从容。当我在故土上找不到水稻、麦子、桑果，我渐渐变得慌张。我找不到燕子衔泥垒巢的屋檐，找不到门前高大水杉上出双入对的喜鹊，找不到茅针、芦苇、紫云英……我只找到了一种仅剩下人的孤独和可怕。

大概十年前，我读到了利奥波德《沙郡岁月》里"人和动物、植物以及土壤，为了大家共同的利益，在相互的宽容和谅解中生活和相处着，把人类在共同体中以征服者的面目出现的角色，变成这个共同体的平等的一员和公民。它暗含着对每个成员的尊敬，也包括对这个共同体本身的尊敬"所呈现的土地伦理道德；那年，我还读到了已故中国当代散文家苇岸"那吃草的，亦被草吃，那吃羊的，亦进羊的腹里"如此圣徒式的哲学忠告。他们的话深深震撼了我的心灵。这些话似乎都与泥土有关，这些话似乎并不因为国籍而阻碍一个交集的形成，那么我就能因此被引领着，看见泥土眼睛里所昭示的一种和平精神，让我拥有了一颗对万物的敬畏之心，让我从一块蓝印花布宁静致远的美中，追问：为何那种闪烁和平精神的光芒会再次从祖先以兽皮遮体向种植棉花纺纱织布的文明追求中剥离出来，重新回到迷恋皮草的虚荣人性的倒退中？

于是，这十年来，我一直在书写故土上的一草一木，一虫一鸟，这一片泥土足够我一生重复去写，并尽力重复得完全彻底。沉醉于写作中,我感受着每一个汉字所装满的人类远古的心事以及汉语词汇水米交融般产生出的柔软力量,清澈、简洁地接近人类的普遍情感。如果我的文字能够温暖自己也温暖别人,我就觉得快乐和足够,这能不能说是我的文学"主张"呢?——让我继续这样写下去,给载上人类的这列迅驰的"现代性"火车减一减速,并在一个叫"适度的文明"的驿站停靠下来,想一想:一旦背离自然,我们的明天又将何去何从?

张羊羊,男,1979年生,江苏武进人。诗歌、散文作品散见于《诗刊》《散文》《山花》等多种刊物,出版有诗集《从前》《马兰谣》《绿手帕》等,散文集《庭院》等。曾在《锺山》发表多组诗歌,2017年始开设"我的词条"专栏。

完整而独立的词语

郑小琼

文学是自我的镜像,在写作中不断地认识自己,在写作中返回真实的内心,在写作中认领生活,辨析生活,透视生活。

当我们深入到生活中,我们会发现与真实的生活相比,我们的写作是那样的弱小,那样的微弱,我们生活在一个现实超过我们想象的年代,许多超乎我们想象的事情在这个时代上演着。很多人都曾问我,你觉得诗歌对社会的意义大吗?面对这样的问题,我不知如何回答。是的,在现实生活中,诗歌不能改变一颗子弹的方向,也不会治愈一具患病的躯体,它显得那样无力而软弱。但是,我仍觉得我们还是有必要将这一切写出来,如果没有文学来记录、来见证,这生活将是沉默的,浩大的人群在尘世间的生活将是多么哑默。对于自己的写作,我宁愿将其看作是尘世的记录与证据,是世界投影在我们内心的见证,也是我们观照世界的坐标,我们在这个世界活着、经历着、认领着、感受着、观察着……

在这之中，我们思考、辨析、透视……然后将这一切记录成为精神的见证，它们是我们现实生活的一部分，它们应该找到自己的位置。

现实生活的尖锐与人的脆弱有着那样鲜明的对比，当世界越来越庞大时，我们逐渐被庞大的社会分解、打磨、拆卸、加工成某个角色或程序中的某个细节，个体的空间越来越被世俗的力量挤压，无论是精神上的人还是物质上的人，正被集约化的社会以某种力量分解着……在这一切的背后，我们自己是不是正被某种世俗的秩序消解？而完整的、独立的、个体的、理想的"人"被社会磨损之时，正是文学让我们开始寻找一个具有理想主义的独立的"人"之际。它是一个理想状态的"自我"，这种理想主义的独立的"人"会对世俗进行抵制，抵制某种标准化的"成熟"。在世俗的现实生活的生命中寻找永恒理想的精神存在，在现场中寻找历史与现实的境遇，这构成我写作的理由。现代工业带来的精神的荒谬之感常常让我感到不适，当我从内陆南充来到东莞之时，或者从东莞进入广州这个大都市之中，我感觉现代工业不仅仅只是对大自然的解构，它也解构着我们自身的一切，一个完整的人不断被解构成物件、工具，成为一枚逐渐丧失完整性的螺丝钉。是文学让我重新认识我的生活，让我重新审视自己所经历的一切。当我从中国内陆乡村走向城市之时，我感觉自己在寻找失去了很久的谋生的自由权、迁徙的自由权。正是从它们开始，潜伏在我身体内部的独立的"人"的意识苏醒。当我在纸上写下每一个词语，我便想到了自己，想到像词语一样生存着的自己，让词语成为一个完整的、独立的，有理想主义的"词语"，如同我自己在现实生活中成为一个完整的、独立的"人"一样重要。在我的写作中，也许只需一枚细小的如铁钉一样的词语，便可以把一个庞大的帝国钉在诗歌的墙上。生活与现实让我不断地感受到词语的神秘，词语本身具有的多种含义常常会有着不同的方向，而我在诗句中选择它的一种或者多种方向时，它们的多种意义是不断交叉的路径，不断地蜿蜒伸展、交错，让诗歌有了无限的可能性。我们在诗歌中只是尽量探索着一些词的边际，而在寻找词的边际过程中的细节会让我们观察到来自词的本身的光芒，努力使自己的诗歌不断呈现出客观性、准确性和揭示性。而词本身具有它固定的意义，但是因为我们选择之时，便会产生不同"听觉上的想象力"（艾略特语），在"默契的暗喻"中打开诗的复杂的一面。这种暗喻来自心灵感受的敏锐性。当我不断面对五金厂沸腾的生活本身，我便是将这些具体的事物，比如图纸、铁锈、机台、钢针、螺丝、胶片、合格纸等等不断通过某种暗喻来呈现内心的精神感受；当铁钉样的词语能把庞大的祖国钉在诗歌的墙上之时，我感受到来自词语的力量与魅力，这些独立的"词语"让我有了参照，我在这样一个个独立的词语中寻找到独立而完整的自己。

我一直以为，写作者首先是一个理想主义者，他所坚持的部分在现实看来也许有些荒诞，但正是这种荒诞还保持着一种没有被异化的纯粹。我相信一个写作者由于立场给作品带来了偏执，这种偏执给写作带来了独特的棱角与锐气，也正是这种属于个体的、独立的偏执，才给我们的文学带来多种方向性和丰富性。我一直以为写作最重要的要素就是自由，这种自由在我看来不仅仅是面对强权时的独立品格，不做奴才、不做工具的自由，而且还有另外一种意义上的自由，就是不拘束陈旧，不从众，然后到达一切事物的可能性，不断地探索着事物与语言的可能性。

我一直相信人性本善，每个人内心都有理想的评价标准。一个写作者应该返回他真实的内心，在返回中不断榨出他内心最隐秘、最真实的部分。

郑小琼，女，1980年生，四川南充人。2001年始在东莞打工，同年开始写作。作品发表于《诗刊》《星星》等刊，著有诗集《女工记》《黄麻岭》《纯种植物》《人行天桥》等，曾获"利群·人民文学奖"、庄重文文学奖等。现居广州，任职于某杂志社。曾在《锺山》发表《女工记》《内心的坡度》等多组诗文。

纯文学的傲慢和想当然

徐则臣

今天我们要谈的是"文学：我的主张"。这是个好议题，至少有这么两层意思：第一，文学是我的主张。对写作者来说，文学的确是我们面对生活的最重要的主张。第二，面对文学，我们要有自己的主张。这也没问题，没主张我们如何写作？

但问题往往就出在貌似没问题之处。面对文学，我们真有自己的主张吗？我们有自己的真主张吗？

去年我参加过一个研讨会。北师大国际写作中心聘请一位美国的年轻作家来驻校写作，举行了一个入驻仪式暨"怎样认识和讲述中国故事"的小型研讨会。之所以设置这一议题，是因为该作家也写过中国故事。一个外国作家认识和讲述中国，中国作家认识和讲述中国有何不同？以不同视野中的不同景观，来辨析更真实的中国，这是主办方的初衷。这个题目让我悚然一惊，有当头棒喝之感。照理说，对于一个中国作家，认识和讲述中国乃题中应有之义：生在中国，长在中国，中国是我们的根本处境和日常生活，认识和讲述中国故事还需要特别提醒么？恰恰就需要特别提醒。我突然对自己、也对很多作家的写作产生了怀疑，我们真的认识和讲述了中国吗？我们真的在认识和讲述中国吗？我们的确通过写作逼近了真实的自己和真实的中国吗？至少我个人不敢理直气壮地说"YES"。

这并非一件与生俱来、理所当然、不证自明、水到渠成的事。我们有可能活在自我之外，我们有可能生活在某种"非中国"的虚假的生活中。换句话说，我们可能生活在某种自以为是的幻觉里。生活中南辕北辙的例子比比皆是：你以为你正朝着西方走，其实你离日出越来越近；你以为你正对着某个本质深度掘进，你可能正在假象的泥淖里撒欢打滚。事情经常会起新变化，我们有可能都不是我们自己。

——此非危言耸听。一个写作者，往往以为自己有能力深入地勘探出世道人心，当然包括有效的自我发现和表达。但事实上，你可能在用别人的眼光、别人的方式看待这个世界，你可能正操着别人的嗓音在说话，而你却不自知。你可能一直生活在别人的阴影里，在别人的惯性中写作。

某年，一个朋友热情地向我推荐一个"80后"年轻作家的作品，理由当然是写得好。的确写得好，成熟，无懈可击，但我看来看去看见的都是一个"50后"的父辈祖父辈的老作家的手笔。假如遮住作者姓名，我肯定会告诉你，这位老作家的小说写得好,实在太"50后"了,"50后"的看待世界的眼光,"50后"的价值观,"50后"的进入文学的方式,"50后"的修辞。我丝毫没有非议前辈作家的意思,我想说的只是,我看见了一个年轻的"80后"作家正在用"50后"的眼光看待这个世界和文学,我听见该"80后"作家发出了苍老的假声。该作家用假嗓子说话不以为忤,反倒很是傲娇,以为那就是自己的真声音。我当然明白文学有着永恒、通约的那部分价值,我当然也明白一个"80后"作家有可能在很多问题上与一个"50后"作家的观点不谋而合,但我依然希望看到一个属于"80后"自己的目光和世界观,我依然渴望听到一个"80后"的年轻的声音,哪怕绕了个曲折的大圈子最后殊途同归。你的独特性,你自己,是你区别于别人、确立和成就自我的前提。你要在你的向度上写作,而不是在别人的惯性里写作。齐白石告诫学画者:学我者生,似我者死。如果一代代后来者都长得跟前辈一模一样,一代代年轻作家都写得跟上一代不分彼此,那我们存在的意义何在?有前辈和他们的写作就够了,我们大可以干点别的了。

假如说摆脱别人的写作惯性、找到自我真实的声音还不算太难,那么,从自我的写作惯性里逃离出来可能就不那么容易了。你更容易不自知。做了十年编辑,见到过太多写作经年的老作家,他们深为自己二十年三十年不能上《人民文学》不平和不解。二三十年了,就一点进步都没有?很有可能。这么说有点残酷，但却是事实。不是你一直在写就会有进步。如果仅仅把写作当成一个体力活儿，仅仅把作家看作是一个写作数量的积累，笔耕不辍半个世纪也可能还在原地踏步。衡量写作的标准是位移，不是距离。我看过一些作家当下的作品和二三十年前的作品，我只能说，在他们的笔下，浩瀚的二三十年光阴仿佛不曾流逝，他们还停留在他们的第一部作品上，他们还在自己过去的那个身体内辛勤跋涉。二三十年来，他们在用同一种眼光看世界，用同一种音质、音色和音频在说话，他们在不停地用同一种方式重写同一部作品。他们不知道他们一直在自己的惯性里写作。

写作必须一次次脱胎换骨般艰难地努力。想当然地单纯依靠"写、写、写"这个勤劳的姿态来求取艺术上的提升，只能是想当然。

所谓的纯文学往往怀抱此类的想当然而不自知，天然地以为自己在做一件关乎世道人心、关乎艺术与人生、关乎修齐治平的大事业，天然地以为因其正大庄严，便必有进步。因为我从事的是纯文学，所以我的就必有价值。这几乎也成了纯文学最大的傲慢：瞧不上通俗文学，似乎人家不管如何努力，因为"出身不好"，于艺术、于社会人生便天然地鄙夷浅薄。我只能说，这是相当浅薄的看法。

这些年因为工作和交往的关系，接触了一些畅销书作家，包括一些网络作家。他们中的很多人比所谓的纯文学领域内的作家更让我心生敬意,他们比我们更敬业。你可以认为他们取悦读者和市场,但你必须承认他们勤勉进取的敬业精神。他们对市场和读者需求的研究和把握之精细与准确,以及由此对写作策略调整之迅疾,是我们这些纯文学的"大老爷"们根本做不到的。也许你会说,非不能也,是不为也,我不屑取悦于人;我基本可以断定这是个冠冕堂皇的借口,你可能真的不屑为五斗米折腰,但为了文学和自己文学的广大,你在艺术上下过畅销书、通俗文学作家们那样的功夫吗?你取悦艺术了吗?我确信,但凡纯文学作家有畅销和通俗文学作家们一半的精进,我们所谓的纯文学的面目肯定比现在要好看好几倍。我们更多人是躺在"纯"字的美好感觉和莫名其妙的优越感上碌碌无为,我们顽固地坚守自己的纯文学的傲慢,然后想当然地以为我们就该如何如何,好像手持"纯"字的尚方宝剑,一切都将、必将滚滚而来。

所以,谈"文学:我的主张",我们也许首先得解决"主张"之前的问题。

我用这乌鸦一样的声音,希望能与各位共勉。

徐则臣,男,1978年生,江苏东海人。出版有《跑步穿过中关村》《耶路撒冷》《王城如海》等小说集,获鲁迅文学奖、庄重文文学奖、老舍文学奖、华语文学传媒大奖等。现居北京,任某杂志社编辑。曾在《锺山》发表《水边书》等多篇作品。

在思想的园子里泡一壶茶

高　璨

文　字

动物之间的交流很多，它们的肢体语言或是声音可以传达很多情绪。植物之间也有关于阳光和水的占有争夺。甚至钟乳石和石笋，都要耽搁上一百年，去兑现相遇的约定，以水的滴答，以水的耐心。

人类用文字交流。人类的思维由文字串联而成，我们很难纯粹地使用未经定义的具体事物或抽象概念，我们脱口而出的大多是我们最熟悉的母语。

所以我们可以描述不在场的事件，以及人物。我们可以追溯到千年前，也可以交谈关于万年后的世界。

若不是如此，在伊拉克诞生的世界文学史上第一首爱情诗"让歌者在歌声中编织 / 我要讲给你听的故事"，怎么会记得起第一次拥抱的感觉？

诗 歌

在语言产生连词之前,在婴儿说出完整的话语之前,在人类的双眼适应应接不暇的自然世界之前,诗歌,就产生了。

她是一个孩子——像孩子一样对一切充满好奇,所以她歌颂的事物很多;像孩子一样热爱玩耍和旅行,所以她去了世界各地,巴别塔阻止不了她出现在各个文明初始的地方;像孩子一样适应力强,尝试面广,所以在不同的年代不同的朝代她变着风格与韵脚——可是她终究是个孩子,即便成长了几千年——小孩子一哭,母亲就来喂奶,她不用多说,只几个字,路过的人啊,就哭啊笑啊沉思啊,她想的可能完全是另外一回事。

但就是这么美好。

文 学

看书就像看镜子,与我们相似的,才能领悟。

人与人是如此的不同,从表面可观的发型到内在不可观的脉搏的跳动方式,遂制造镜子的人遍布天涯海角。他们根本没有必要东张西望,没有必要对别人的镜子指手画脚(除了政治因素规定镜子一定要加个木框),每个人所造的镜子也是如此的不同。

毕竟这世界上有这么多会造镜子的人和需要照镜子的人。

在某个镜子前久久驻足,往往不是为了整理衣冠,而是因为它映照出的你,是那样令你称心如意。

而制造镜子的人,也就是那些著书者,他思维中的小精灵被留下了,继续用他的名字走路、相望、说话,他们就是这样与未来的阅读者交谈的。

所以走了很久的人,他思想的园子里泡的那壶茶,还是热的。

灵　感

走在路上,有人给我讲故事,有人给我唱曲子。用的大多不是人类的语言。

亘古常在的实是泥土与虚无,实是风与绿叶,实是草与花香。闪现的才是周身人群,与他们的举手投足。

所以我用一种不说破的态度和不仔细琢磨的感官,体会花朵向外喷薄的神秘力量与云朵向上飞起的隐匿感情。

加莱亚诺说黑非洲的村民认为先祖灵魂不灭,家无边界,"那些帮助你行路的魂灵,是每个人从未认识的许许多多先祖,想要多少个就有多少个。"我想大抵如此。

我没有创作,我只是说,他们在那儿。

记　录

我们木质的房屋宫殿,被风雨虫蚁消化了;我们纸质的文献书法,被帝王带入陵寝了;我们的思潮风尚,被长江后浪推前浪了。但我们民族的文化，强时广泛辐射，弱时以柔克刚，绵延至今，东流到海。

才知道文字并非刻在木上、写在纸上、喊在口上。

才知道精神是在血液中遗传的。

才知道文学是把历史流入民族的海洋。

这不是件宏观的事儿，就像在情书中记载了夏天爱过的那个人，就像在日记中提到了九月路边开的花。

就像中世纪的女人用合上的蒲扇拨开额前的头发，说着"勿忘我"。

高璨，女，1995年生，陕西西安人，先后在《诗刊》《星星》及日本《地球季刊诗志》等国内外数十种报刊发表多篇作品，出版有《第二支闪电》《守其雌》《乱象》等二十余部诗集和随笔集。曾在《钟山》发表《遍野的花儿》等多组诗歌。

写作者的姿态

黄孝阳

1

每个汉字都有其象形会意,有一个民族几千年沉淀的记忆。它们像一只只蜜蜂,在造物主(作者)神秘的意志下,嗡嗡响着,以一种匪夷所思也令人眼花缭乱的方式,在电脑屏幕上聚集,渐渐地超越了作为一只蜜蜂所拥有的属性,获得对"作为一个整体"的梦想与相应的行为逻辑——出现在屏幕上的每个汉字会因为对这种整体性的理解,自发地调整自身的重量与速度,这也就是一些作者在修订增删时所感觉到的神秘性——在那奇妙的瞬间,是上帝握住自己的笔。灵感并不是来源于自己的大脑,而是文字在文字中涌现。

涌现,是 1+2 等于 3,也等于 7,同时还等于一只"苹果"——亿万万年前,生命按照这个逻辑在地球上涌现。

重复一次:只有来到这个时刻,构成这个整体(现在应该称之为一篇文章)的众多个体,才会逐渐呈现出超越自身利益的、只有作为一个整体才能呈现出来的奇异特性,生成

"诗"的语境，使每个汉字有了新的可能性。

为什么这个字要搁在这里而不是那里，是僧敲月下门而不是僧推月下门？

为什么这个字搁在这里，是这个意思而不是那个意思？

这是一个被人们熟视无睹的奇观，文章的主旨、结构等，以及美，由于单个词语对整体性的服从而得以显现，犹如一缕缕光从黑暗中显现。

写作者在街头行走思索。落日的玫瑰从天而降，使街头如同舞台。他发现人流与河流之间的区别与联系，意识到所谓"日常生活的戏剧性"的真正涵义，决不仅仅是事件的起转承合与情节的跌宕起伏。他望着从身边漫漶而过的一张张脸庞，想起那一个个方块字，几乎要嚎啕大哭。这是一个俯瞰芸芸众生的视角。一种难以想象的悲悯之情犹如奇点爆炸充溢心胸。

"人是上帝的一部分，所有人都是。其中一小撮者，因为种种因缘受到神启，成为人类的杰出者，比如我。"写作者没有发现他的脚步已下意识地跟上人流行进的节奏。他继续走，路过邮局、咖啡馆、书店。书店橱窗里摆放着一本《乌合之众》，一本《群氓的时代》，封面鲜艳刺目。他隐隐约约感觉到某种事情将要发生。但无从得知这事是好是坏。他情不自禁地咬起手指，体验到焦虑与不安。他又路过一间商店，橱窗里的电视机在播放一档海洋生物的记录片。他不自觉地放缓脚步。

冷风吹来，打在他脸上，猛地把他脚边的一只塑料袋吹上灰色的天空。

"鹏之徙于南冥也，水击三千里，抟扶摇而上者九万里。"

他仰起头看这只扶摇而上直入云层的塑料袋，感觉到"震惊"，是的，"震惊"，本雅明反复论述的那个词。他惊呼出声，终于意识到自己是人流中的异质。他魂灵深处的某部分与这只塑料袋有着相同的材质。与此同时，他的眼角余光被一种力量牢牢地与电视机的屏幕连接上。

屏幕上那片深蓝色的水底，数万万条银白色原本自由游动着的鱼，突然用一种难以理解的神秘方式，瞬间，迅速形成一个高速移动的群体，向前，再左转——就没有一条往右转！

倏忽聚散的鱼群让人敬畏，没法不把它视作一个完整的生命体。

它的灵魂何在？是同时存在于每条鱼体内吗？是每条鱼都同时做出左转的选择，还是其中一条做出左转的选择后，其他的鱼刹那间便确认了这是最好的选择——它们是如何办到的？它们为什么不需要民主投票？为什么它们中间就没有一望即知的"头鱼"——那种类似君王发号施令的鱼？

写作者紧盯屏幕。他想挪开眼睛，挪不开。人流的速度加快，像有一个声音在前面高声呼喊。他不得不抓住玻璃上的钢质把手，以免自己被冲走。他想起他在某篇文章中看到的一个段落：

许多人互相张望着,慢慢离开他们原本的行走路线,或者走出家门,三五成群,四六一堆,犹如不断叠合的一个个不同尺度的涡旋。人流很快形成,开始还只有铅笔画出的细线大小,眨眼就有大拇指头粗细。这是一种具有非常怪异特性的流体。能掀起拍沉钢铁巨舰的浪头,也会瞬间化作虚无。在人流中,不管一个人多么智慧、强壮、高尚,一旦被其裹挟就必然要跟随它移动的节奏——哪怕眼看着自己脚下有一个被践踏的人,也会身不由己地再踏上去一只脚。它能最大程度地攫夺理性,使一个人沦为一个单向度的畸形物。

这篇文章叫什么名字?

《阿达》。

几分钟,这个音节从他胸腔深处缓慢浮出,像一头灰色的座头鲸。

舌底下有一些咸。写作者反反复复地思索关于《阿达》的一切。

又是什么让这篇文章有了一种生命力,能使我心澎湃,望见星辰大海?

而在这无数个"澎湃"与"望见"出现的时候,人会超越个体的局限性(或者说自私、贪婪等人性的弱点),甘愿为群体(人们通常用国家、民族等词语来描述它)抛头颅洒热血,推动它不断变化——这是一个犹如湍流涌动的过程。

变化,不一定意味着前进。群体的整体性大致可分成"家族—民族—人族"三个阶段。利他主义便是这个"人作为整体一部分"的理性选择。这也是"人民"这个词的蛊惑性的根源所在——为人民牺牲,决不仅仅是因为对崇高的追求,或只根源于它的道德魅力,还有"个人的非理性服从群体的理性"——这不仅带来安全,更带来责任与荣誉。

"没有人是一座孤岛,可以完全的自给自足;每个人都是广袤大地的一部分,是整体的一部分,是其他人内心的风暴与手中的玫瑰。"写作者喃喃低语。他都想不起来,在四百年前,一个叫约翰·多恩的英国诗人说了这句话的前半部分。

他在台阶上坐下,掸掸衣襟上的土与唾沫。他的样子看起来是那样疲惫、憔悴。不知道过了多久,一枚硬币落在他洗得发白的灰袍上。他抬起头,吃惊地发现,越来越多的硬币正朝他飞过来。这些面值不一的硬币的投影在地面形成文字。通过改变硬币飞行的轨迹,即可以形成不同的文字,以及句子与段落。这是一个让人痴迷的游戏。很快,写作者忘掉他曾经思索的一切。他站起身,跟随人流,继续向前,就像所有人一样,手掌有节奏地拍打胸口,嘴里呼喊出声。

2

突然想起一个作家。

他老了。与他有关系的家人故旧也都去了另一个世界。他一个人住在远离尘世的一间木屋子里，只有一只肥胖的白猫与几只老鼠陪伴着他（猫与老鼠的食物链被某种奇异的力量打破了，它们和谐相处，日日追逐在阳光下，与动画片《猫与老鼠》里一般模样）。

他打扫庭院，种植蔬菜，看猫鼠打架，偶尔望望天上的云与夜里的星辰。

那些曾被他无比珍视的书籍，包括他书写下的曾让他自己为之心醉神迷的文字，都被他扯碎用来点火，或充作手纸。他不热爱它们，也不憎恨。它们与他不再有丝毫关系。

他活着的唯一理由，就是想这个问题："为什么我还不死呢？该做的事，我都做了；该写的书，我也都写完了。"

他这样想了许多年，蓦然，大红大紫。许多人不远千里来拜访他，喊他大师，向他请教人生的经验。而他含糊的嘟哝都会被视作一个智者的箴言，让那些在尘世中备受煎熬的人泪流满脸，乃至五体投地。这样的事发生多了，他开始觉得自己的"活"还是有意义的。他凝视着心里缓慢出现的细微暖流，觉得可以再做一些有益于这个社会的事，比如把那些含糊的句子集结成册。然后他发现猫不吃老鼠这件事太过匪夷所思，完全有悖常识与伦理。他想与这只陪伴了自己多年的猫谈一次话，深刻的，动情的。

翌日，他就死了。死得还特别难看，一点也不像大师应该有的样子。当自愿前来照顾他的学生发现他时,老鼠已经把尸体啃得面目全非。

我不知道为什么会有这个"突然想起"。为什么呢?也许是他的孤独来到我的房门外,正叩响那扇铁制的防盗门,发出有节奏的声响。

3

一个人为什么要去高处?因为山顶在诱惑着他。

但有一天,等他来到山顶,他会发现那里除了他就没别人了。那些有能力与他对话的,也都蹲在各自的山顶,各种寂寞空虚冷——因为距离,他们基本上听不清楚对方在说什么。好不容易听见那么几句,山谷的回音也会把它们变得充满敌意。

他只能在山顶自己与自己玩。更糟糕的是,在山脚游玩之人的眼里,他是那样的渺小,甚至并不存在。他只好扯下风暴,用一场大雨,吓他们一跳。

4

零,或者《庆祝无意义》。

黄孝阳,男,1974年生,江西临川人,现居南京,任江苏文艺出版社副总编辑。著有小说集《是谁杀死了我》,文学理论集《这人眼所望处》,长篇小说《众生:迷宫》《众生:设计师》《乱世》等,获第三届、第五届紫金山文学奖。曾在《锺山》发表多部作品。

小说不是"真人秀"

黄咏梅

如果说,每一篇小说从开头到结尾,是一条虚构的河流,那么,我从 2002 年开始小说创作,迄今已经在虚构的河流里蹚了十一年。毫无疑问,按照作者的心意和想象虚构出来的东西,散发着迷人的魅力,语言、结构、虚构的真实度……这些迷人的作品常常给我带来"惊艳"之感。可是,随着年岁的增长,阅读体会的累积,我渐渐发现,有的作品结构简单,设计简陋,也没有太多的叙述技巧,甚至笔法拙朴,有的地方还会露出虚构的马脚,但读着依旧会让人鼻子一酸,甚至热泪盈眶。如今,我更为珍惜这些动人的作品。

最近,我看了一部英剧《黑镜》,里边有一集内容涉及"真人秀"节目,剧中由观众参与,共同完成了一个个设计好的环节,令人惊悚、落泪。由于现实的乏味,而虚构的故事也已不能满足观众的感观刺激,因此,"真人秀"由于其设计、布局的"真实",重新唤起了观众的兴趣。但是,这种兴趣仅仅停留在感官,而在一阵掌声之后,观众的内心如离开的席位一般空荡。这让我联想到我们的写作。一些作品表面上反映出现实生活的真实现象，反映出了社会某群体的真实生活，但却缺乏对人内心世界的探寻。这些故事，多半都是对外部命运的体现，而人物只是外部命运的一个道具，就如"真人秀"里被设计的那些人。的确，很多作品读后让人觉得"惊奇"和"感慨"，但是，却并不动人，甚至再往深想一层，会有上当受骗的感觉。

在我一贯的观念里，小说家应该是无比冷静的人，在写作的时候，更应该像个做手术的医生，一点一点地割裂，一点一点地剖白，又一点一点地缝合……只有这样，才能更完美地呈现故事的全过程，深掘进人性的隐秘地带。这是一项无比残酷的事业。记得有一次，我跟一位男作家聊天，他说他时常写着写着就会心痛、心酸，严重的时候还会边写边掉眼泪，完全离开了自己预设的故事轨迹。我当时看着这个魁梧的大男人，觉得有点不可思议，怎么会把自己先写哭了呢？现在，我逐渐明白：如果作品一味强调故事的真实度、可信度，忽略了情感的真实性、人性的可信度，如何能打动人心呢？

我们已经不乏稀奇古怪的事情以备我们写作之需，可是，仅仅以"惊奇"和"丰富"来吸引读者眼球，让人张大嘴巴久久合不上，这样处理中国故事是简单粗暴的。我很欣赏评论家常说的一句话："新闻结束的地方，才是作家开始的地方。"作家沿着已经发生的事件,缓缓地、艰难地挺进,从笔下人物的内心逐渐进入到读者的内心,一笔,轻轻地将人的情感"放倒",将人们的冷漠、隔膜、躁郁、疑虑等等情绪统统"放倒"。这样的作品才动人。

黄咏梅,女,1974年生,广西梧州人,现居杭州。在多家刊物发表诗歌、散文、小说、评论共百余万字,出版有诗集《寻找青鸟》《少女的憧憬》,小说集《隐身登陆》《一本正经》等。在《锺山》发表有多篇小说,首发于《锺山》2014年第1期的《父亲的后视镜》获第七届鲁迅文学奖短篇小说奖。

我只是一个讲故事的人

笛 安

时至今日，我依然在乎我讲的故事是否好听，我依然在乎我讲述它的方式是否得体，我依然追求倾其所有讲一个震撼人心、形式考究的故事——尽管对于今天的"文学"来说，这好像有点不合时宜。

我同意小说家首先必须具备的是独特的语言，我也同意一部精彩的小说并不一定要建构多么曲折的情节甚至可以没什么情节，对于坚持探索小说形式以及小说创作的语法的前辈以及同行，我始终怀着应有的尊敬。但是我一向都在坚持自己的观点。有太多人把"情节"和"故事"混为一谈，有太多人在用"故事"二字指代"故事情节"。对我而言，小说不是必须有复杂丰富的情节甚至不是必须有情节，但是不能没有讲故事的态度。"故事"是我们的殿堂，借着讲故事的仪式，这个职业真正独一无二的任务才能完成。

所有的故事都是隐喻。越精彩的故事，越能完成深刻、复杂且丰富的隐喻。上帝创世，是从无到有；小说家的创造，只能从"有"到"无"。运用自己生命的体验，以此生的一切经验为物料，去搭建、构筑一个现实中并不存在的世界——从泥沙俱下的此生里不由分说地挖掘、雕塑，自己也说不清这原料里究竟掺杂了什么，后来发现手下的作品竟然有了一种自己也觉得陌生但是鲜活的神采，一个带有独立生命的故事就这样完成。它天生蕴含着作者本人也不能全部阐释清楚的隐喻，谁也不知道那说不清楚的部分究竟从何而来，可以归结为天赋，可以归结为命运，对于我来说，那就是从有到无；对于任何一个创作者来说，是至为完美的状态。

所以我仍旧痴迷于如何讲好一个故事。我无论在阅读的时候还是在自己写作的时候，都对"讲述"的技巧极端苛刻。在我眼里，技巧是古老的法则，不断淬炼总有出神入化的那一天，手里那件兵器必须要被无数次地锻造，才能和自己的身体、灵魂真正融为一体。至于"故事"本身的灵魂，"故事"的隐喻中高出故事本身的部分，有人说是思想，有人说是价值观，有人说是意境，但是在我眼里，依然是作者本人的审美体系——所有的思想和观念终究都还是审美的意趣，你认为怎样算公平，怎样算正确，怎样算复杂……究其根本，还是能追溯到一个源头：你内心深处的"对"和"美"是不是一回事，如果是，自然好；如果不是，"美"和"对"又是如何互相撕咬与搏杀的，这个撕咬与搏杀的过程，便是所谓的你故事里的"冲突"。

我一直跌跌撞撞地走在黑暗里，有时候我有火把，有时候没有，究竟走出去多远我并不能十分确定，但是我的感觉告诉我，此处的回声跟起点处，有着很大的不同。一路上我自己总结出来一点点可怜的经验，和着热的血，写进每一个最新的故事里边。我希望有一天，能写一个既简单又悠远的故事，这故事像是宁静湖面上月亮的倒影，有那么一瞬间，几乎乱真。

这就是我的梦想，一直都是。

笛安，女，1983年生，山西太原人，现居北京。出版有长篇小说"龙城三部曲"(《西决》《东霓》《南音》)以及《告别天堂》《芙蓉如面柳如眉》《南方有令秧》等，小说集《妩媚航班》。曾在《锺山》发表小说《莉莉》。

诗歌：痛苦的发声学

梁雪波

"黄金在天空舞蹈，命令我歌唱！"半个多世纪前，诗人曼德尔施塔姆在寒风凛冽的彼得堡写下这样的诗句，仿佛怀揣庄严的使命去承领一份天启般的授权。这令人心颤的声音，除了显示出诗人与诗歌之间相互拣选的神秘宿命，同时更是诗人以孱弱的肉身对高峻与寒冷的精神占领。然而诗人所领取到的往往不是尘世的冠冕，而是难以想象的厄运——逮捕、流放、苦役乃至死亡，因为诗人所具有的语言叛逆的天性、桀骜不驯的反骨，以及对整个现存制度的质疑，使他们不可避免地成为一个"野蛮世纪"中不合时宜的异端。从古到今，正是那些检察官和庸众成就了一个个伟大的天才的诗人。难道不是吗？或许有人站在大众化的立场反对以"天生的殉道者"来拔高诗人，那么至少可以说，正是诗歌或文学本身培养了他们的内心敏感，使独特的个体难以被粗暴的世界兼容。

如今，殉道者的身影早已远去，玩世主义和享乐主义大行其道。在消费至上的时代语境下，谈论文学的话题并不比小时候拨开草丛与一只蚱蜢对视更令人激动——轻灵的音乐戛然而止,振翅没入深深的密林,而留给一个少年捕手的除了无尽怅惘,还有刮过头顶的乱云与灰鸦。

请原谅,如此隐喻式的表达不仅出于一个写作者对词语活性的重视,同时也是为了提醒自己必须对话语中可能出现的高音设限,从而避免将一种文学观念的伸张不自觉地滑向戏剧化的呼喊。在这样一个时代,一个诗歌写作者更恰当的形象也许是一个隐匿者、隐修者,应该发声的是他的文本,而不是诗人本人,因此即便诗人不得不现身谈论所谓文学与写作,他要说的也只是来自个人经验的只言片语,而不是某类人抑或某个群体的宣言,诗歌恰恰是对宣言的抵制。

回到无名的状态,回到大地深处,回到河流、山川、草木、虫鱼,回到牛羊眼中的原始世界,也许这是我们得以想见的最富有诗意的生存方式,写作成为从丰盈内心涌出的泉水,滋养灵魂,构筑精神的乌托邦。写作的本质就是一种寻找替身的冲动,正如当那只蚱蜢与你对视,谁能说你的左翅下不也鼓荡起一阵狂风。或者如德勒兹所阐述的:写作是一个生成事件,是一个过程,一个穿越未来与过去的生命片段。写作与生成达成了一种密不可分的关系,在写作中,人们成为女人,成为动物或植物,成为分子,直到成为难以察觉的微小物质。

这样说意味着写作首先来自经验世界与词语的猝然相遇,

并借助想象之翼为随后展开的语言之欢娱带来持久的动力。经由语言的创造,存在的经验被扩展、被刷新,赋予日常生活以自圆其说的意义。而伟大的诗歌飞翔于翅膀之上,高耸起另一种与大地垂直的维度,它也是血肉生命投向燃烧的一种方式,"犹如千万条火焰照亮人类之爱"。人类对终极理想的攀越,从未因但丁、屈原、歌德等等庞然身影的远去而止步,它所开辟的道路,布满深渊、蒺藜与未知的神秘,使一个初涉文学的少年早早地就体认到黑夜与光明的角力。在幽微的烛火下,他写道:此刻,在这黑夜,我想念家乡的亲人和远方的朋友,灵魂中血液流动的喧声使我能以微笑面对时光的劫掠。静守着一颗空灵的心,我想象这空灵将会永恒,在经年的永恒中,我将无比坚定地生活并且战斗。

哲人云,未经省察的人生不值得度过。而这个世界之所以还富有诗意,皆因一双清澈的眼眸长久的凝视。一个飞速流转的客体世界被目光捕获,隐匿的事物在一个瞬间显现于诗人的心象。而生活在当下的写作者的忧伤在于,一个整全的统一性的世界已经分崩离析,也无法唤回,写作者成为破碎时代的目击者、见证者。不仅目睹一个古典家园的日益沦陷,而且不得不被迫目睹一出出不断上演的悲情叙事:汽油、刀、绝望和火焰,投向脆弱的肉身,在言词失效的黑暗地带,那些烧焦的皮肤、尖叫与呻吟像多米诺骨牌一样蔓延,见证着一个痛苦横暴的时代。因此,写作者要与时代保持一种"目击"和"凝视"的紧张关系。这样的身位取决于那些"既不完美地与时代契合,也不调整自己以适应时代要求的人"。

倾听那些被遮蔽的痛苦，它们发自外部世界的深渊，也触摸到自身的黑暗。诗歌是什么？——痛苦的发声学。

近年来，有关"文学与时代""诗歌与公共性"的话题一再被焦虑的人们提及，成为严肃的写作者无法绕开的尖锐之痛。作为一种有别于社会性话语的诗歌，其力量何在？诗歌与现实应该发生怎样的关联？有没有一个自外于文本的现实呢？诗歌仅仅是一种自我指涉的话语吗？作为保险公司副总裁的诗人史蒂文斯无疑深谙分身术，为此他极力推重想象的崇高，认为想象是祛魅时代的最大信仰，诗人通过语言的秩序和内心的整饬来平衡世界的混乱。而经历过时局动荡的波兰诗人扎加耶夫斯基则强调，想象力"如果忽略了无法融入到艺术中的现实世界"的话，就会成为自己的敌人。

一个电子碎片化的时代业已到来，痛苦被削平，无聊被信息填满，低吟浅唱的诗歌也变成了文化时尚的甜点。单纯的美学意义上的"好诗"，其意义是缺失的，如果写作没有与存在、与不存在发生一种深刻的关联的话，单纯的"好诗"很可能沦为一种空洞的能指游戏。这也是为什么重提"介入诗学"的必要性。诗歌就其本质来说，是反体制的话语。它的文体特征，它对语言的高度要求，与日常话语、权威话语构成了一种对抗的关系，而且它很难与市场、资本，与消费文化产生利益互换，也即诗歌本质上是反消费的，它以一种陌生化的话语方式制造审美惯性的中断、阻碍，为人们的美学经验带来一种震惊，一种刺痛，一种思考，一种生命更新的愉悦。诗歌的"介入"，不仅仅是对艺术禁区的涉入，更代表着一种自由精神，是话语的去蔽和敞亮，它是一种写作方法，也是一种文学立场，介入的写作就是力图将诗意和审美从新的压抑机制中解放出来。

诺贝尔文学奖得主、爱尔兰诗人希尼曾经精心研究过前辈诗人叶芝的写作技艺，赞叹这位大师有"在一念之间抓住真实与正义"的艺术能力。事实上，他也在自己天赋的基础上做到了最好，其诗艺的精微，表达了对人类生存的深切关注和同情。对一个深陷于美学危机和伦理危机的世界来说，诗人真的无法给出圆满的解决方案，对诗人的种种指控都是无理和粗暴的。在某种意义上，诗人仍然只能扮演着"一个发出警报的孩子"的角色。如何解决审美的诗歌和正义的诗歌之间两难的局面？希尼认为，在异化的历史环境里，"诗歌本身就是抵抗非人道的暴力现实的基本的人道主义行为，屈服于诗的冲动便是服从良知；写作抒情诗本身就是彻底的见证"。因为"人性是由纯粹的诗人以其纯净的存在对所有词语的忠诚来维护的，它存在于诗人坚定的发音中"。

梁雪波，男，1973年生，黑龙江桦南人，现居南京。20世纪90年代初开始文学写作，有诗歌、评论、随笔发表于多家刊物，入选多种选本，出版有诗集《午夜的断刀》等。在《锺山》发表《在深夜预感到雪的降临》等多组诗歌。

城市题材是宝藏

滕肖澜

讨论的题目是："文学，我的主张。"这题目不由得让我回顾自己十几年的写作，问自己，为什么会走上写作这条路。我不是学中文专业的，之前学的是民航商务运输，在机场工作。我想，走上写作这条路的原因有很多，但最实在的一点应该是，相比其他艺术门类，写作的准入门槛不是那么高，只需要有热情，有表达的欲望，有笔，或是电脑里装个Word，就可以进行，很适合像我这样的非科班出身的作者。

我是写城市题材的，有一度我觉得相比农村题材，城市题材似乎难以写得厚重，要么写着写着就写碎了，要么就是搔不到痒处。但现在我渐渐发现，其实城市题材更像个未被开发的宝藏，大有东西可挖。随着现代化进程的发展，大量外来人员的涌入，在发生物理反应的同时，其实也在发生着化学反应，新的文化对原先的旧的城市文化猛烈撞击，甚至是重组。比如十年前的上海，与现在相比，除了硬件上的变化，高楼大厦的增多，GDP的增长，更多的是人与人之间那种看不见、说不清、道不明的微妙的东西。价值观、生活态度、待人接物,等等。这些内里的东西,是值得我们写作的人去思考去探索的。

写城市普通人物,我通常从四个方面着手:现状、焦虑、希望、努力。每个人千差万别,可能这个人的现状,正是那个人的希望,又可能这个人的努力,最终反而成就了他的焦虑。但不管怎样,每个人都是这样努力地在生存着。就像歌里那只蜗牛,不管黄鹂鸟如何替它着急,它都不急不徐,慢慢地往上爬,"等我爬上它就成熟了"。我认为作者的态度是,不必在文中表达有多么同情他,多么怜悯他,我们只需要把他完完全全地表达出来,把那些角角落落的情绪都扫出来,他说不出来的话,我们替他说出来,他心里的那层意思,我们替他们表露出来。这样就足够了。

滕肖澜,女,1976年生,上海人,2001年开始写作,作品见于国内多种期刊,出版有《十朵玫瑰》《海上明珠》《城里的月光》《乘风》《上海底片》等小说作品,获第六届鲁迅文学奖。在《锺山》发表《十朵玫瑰》等多篇小说。

文学：我的主张

第二届（2015）《锺山》全国青年作家笔会

文学只对少数人开放

于一爽

我不知道文学应该有什么主张。比主张更重要的是喜欢。不是非做不可但又在做，那就是喜欢得不得了，一点儿办法也没有。

前两天我又重新看了鲁迅的《在酒楼上》，真好，不是课本上说的那种好，鲁迅写的是对的，对的不一定是正确的，这是小说层面的问题。又比如，昨天和唐棣聊天，关于小说应该写到哪儿才算结束呢，如何定义小说的结束，这都是小说层面的问题。

有人问我，中国还有好的青年作家吗？当然，这个青年指四十五岁之下（这是联合国说的）。因为有一个问题摆在眼前，就是你不出名你就好像写得不好，但事实上，我们知道不是这样的。比如我一个朋友总是喜欢说：

——我有一天非要写出来。

其实我就十分不明白什么叫写出来？

比如我的一个朋友叫张羞，他就写得很好，但他只属于专业层面，不属于媒体，也不属于公众。写作是一件特别个人的事情。

总之是不要在广场上谈文学，广场是广场，报纸是广场，互联网也是广场，互联网解决了纯文学的出版问题，所以是绽放的，但抛开绽放，准确地说，文学只对少数人开放。我想，这就是我的主张。

这个世界上最可怕的就是作品特别有"作品感"，这个东西太像小说了，我永远不想让别人这样评价我。技术层面很重要，但是又不可以复制。

而不那么像小说的标准是什么呢，我也在探索，作品中最重要的是探索性，而且小说，或者说文学，就是这样，标准是特别感性的，千人千面，所以等于没标准。事实上，这个东西就是没标准，文学的一个最主要标准是无用，作家是一群对社会无用的人，我也想做一个对社会无用的人。越无用，越辽阔，走得才越远。这就是最高级的目标。就像我喜欢写下的那些人物关系一样，一个男的一个女的，他们有一万种可以发生的事情，但他们什么都没发生，因为什么都没发生，所以等于一切。

当然，也有人管我们做的这件事儿叫严肃文学。我不太懂什么是严肃文学，对别人是严肃的，对我是娱乐的。总有人说严肃文学已死，你都管他叫严肃文学了，他能不死吗？

在写这篇文章的时候，二孩政策全面落地，所以我这一代人成为了前无古人后无来者的一代,或者说,生得计划死得随机的一代人,独生子女政策改变了家族意识之后,又让"80年后"被抛弃了。被抛弃不是撒娇,是现实,而另外一个现实是,我们是伴随互联网成长起来的一代人,但我想,互联网永远不会让你更自由。那么到底有什么东西可以让你更自由,我也在寻找。我希望是写作,但很可能我是错的。

  于一爽,女,1984年生,北京人,有中短篇小说发表在《收获》《人民文学》等刊物,出版有中短篇小说集《火不是我点的》《一切坚固的都烟消云散》《云像没有犄角和尾巴瘸了腿的长颈鹿》等。曾获"紫金·人民文学之星"中篇小说奖等。

不敢说是主张

石一枫

会议的主题叫"我的主张",其实我不敢说是主张。所谓"主张",可能还是隐隐包含了我这样认为,也希望别人这样认为,我打算这样做,也号召别人这样做的意思。可这年头,尤其是写作的人,谁有资格要求谁啊。所以与其说是主张,倒不如说是从事文学工作的一点儿感触而已,顶多算是自己打算遵守的原则。

这个原则很简单:文学不是一个纯技术活儿。这当然也不是说,文学就不是技术活儿了。构思布局,描人画物,以及老同志所说的"作家要锤炼语言"等等,往玄了说还有叙事策略、叙事迷宫、叙事陷阱等等一系列与"叙事"相关的花样百出的招数,这些都是技术活儿。一个悬念迭生的故事,为什么有的人讲出来就枯燥无味,令人犯困?一个稀松平常的小片段,为什么有的人随口一说,却就绘声绘色,引人入胜?这可能有素养、气质等等因素的差异,但是技术上的差距肯定也是重要的一环。文字脱胎于语言,文学脱胎于"杭唷杭唷"的饥者歌其食、劳者歌其事，演化千年终于形成了一小撮儿专以在纸面上写无用之事的人，号称作家，技术上的门槛儿肯定还是需要的。这就相当于弹棉花的不能都变成小提琴家，有驾照的不能都去开F1。网络文学为什么水货多真货少，也是因为把门槛儿放得太低了，其中就包括对于技术门槛的忽略。

技术肯定也是一个需要长期努力的事情。这个事儿，靠写字儿吃饭的人往往如鱼在水冷暖自知。一篇号称"写得不错"的作品，可能感动了一拨儿读者，获得了几个同行的赏识，但是只有作者自己知道它其实多么千疮百孔。古人作诗那么讲究"推敲"，老作家的长篇小说后面往往缀着"七稿八稿"于这个"斋"那个"阁"，这说明哪怕仅就一部作品而言，想把技术做到接近完善也是很困难的。我看自己写的东西，往往刚写完不久的还能引起一点儿自恋，但要是隔得比较长的就只剩下捏鼻子的份儿了。不到几年的功夫，就能让眼中那个过去的自己从天才变成弱智。而老是觉得今是昨非，就说明"今是"是个假象了——当然也是好事儿，可见进步无止境。

但我想说的是，正因为技术很重要，技术很困难，技术常变常新，反而有可能让人产生一种错觉，就是文学需要解决的，也就剩下技术这点儿事儿了。写作的人好像都幻想过一种理想状态——养在深山或者深闺的单纯男女，未经世事提笔而述，一出手就是天籁。但这境界太罕见了，自称能达到的人除了天才就是骗子，一般人只得苦心经营，经营得太投入，可能会把更加重要的一些东西给忘了。再加上中国文学有过一个特殊的阶段，关心这个也不合适，思考那个也不稳妥，最后发现只剩下琢磨技术才是最"本分"也最贴切的——没准儿还透着点儿疏离、超脱的清高劲儿，说是跟社会赌气也行。这种背景可能也加剧了对技术过分重视，以至于眼里只剩下技术的情况。具体到跟我年纪相仿的这拨儿人，青春期都看过六十年代那代作家的作品，学习过他们谈论文学的随笔和创作谈，膜拜过被他们树为标杆的那几个西方大师，这在客观上当然是文学的传承，但我们可能忘记了，世道变了，将文学的意义限定在技术范围的反叛意义也就不复存在了。说到底，文学和奥运会还是两回事儿，你来一托马斯盘旋，我来一团身后空翻转体三百六十度，把自个儿练残了也未见得实现得了它的价值和意义。

从这个角度讲，我不太愿意接受现在的很多朋友把"作家"称为"写作者"。我也开始觉得"观察生活""把握时代"乃至于"文学即人学"之类的古训是有道理的。简单的训条当然不算什么学问，但如何在特定时期特定语境中把它们完美地贯彻，可能还真是极其复杂的学问。当然，年轻的文学从业者在这方面又有着先天的瓶颈，就是随着信息爆炸，社会分工更加清晰而狭隘了，一不留神成了文化人，就很难打破专业的局限，对生活和社会本身不能真切、具体地把握了。以其他行业为主业的朋友可能没有这个问题，这是让人羡慕的。

石一枫，男，1979年生，北京人，著有长篇小说《红旗下的果儿》《恋恋北京》《心灵外史》《借命而生》等，小说集《世间已无陈金芳》《特别能战斗》等。曾获第七届鲁迅文学奖、十月文学奖、百花文学奖、《小说选刊》中篇小说奖等。

文学主张就是生活主张

朱 个

我从2009年开始写小说,到今年也有六年了。当时已经二十九岁,这对创作来讲是一个比较晚的年纪了,在这个年纪上,青春期就像不可挽回的容颜,再也无法被人为延长了。在和青春告别,在向真正的成长飞奔而去的路途上,有太多欲拒还迎的经历扑面而来。于是,和大部分人一样,我写作的初衷不过是基本的表达需要。一些不方便吐槽的经历和感受,被盛装进"小说"的容器里,含蓄委婉地宣泄出来。写作最初是一条通道,是一个出口,让我能够站在人群的背后,站在河的对岸,坦然地运用自我的视角,坦率地运用自己的感官,建立起自我和世界的关系。

同时,这也带来了另外的困惑。感觉自己身处宏大的时代——一个最坏又最好的时代,想要去思考它,想要去描述它,却时常感到力不从心。笔下流出的庸常生活和小人物,就如同浮起在牛皮纸上的剪影,浓淡飘忽却转瞬即逝。笔下宣泄的个人感受,总是担心其过于私人化而不够有力,总是让我疑惑这样的写作格局是否太小太卑微。

但是渐渐地，我找到了答案或者说为自己找到了宽慰。我从不觉得自己是一个有义务和责任谈文学的人，因而谈不上对文学有什么主张，也没什么幻想。硬要下个结论的话，我以为文学主张就是生活主张。文学的天空就是人类的天空，浩瀚邈远，每个人都要清楚自己的能力，摆正自己的位置，选择属于自己的那一方角落。真诚地对待生活，才有可能真诚地对待写作。

我本来就没写出过什么作品，相较于坐下来写，我还是更喜欢想。最近常想的是小说的视角问题。现代小说有了视角限制，而视角问题不光是人称问题。因为只有存在不同的视角，才有进入他人立场、领会他人观点的机会，也就是通常说的设身处地，聆听他人，而这也是公民社会的基础。小说的视角问题最重要的作用就是令人进入他人，在人的社会属性之外注意到精神状态方面的东西。

在过去整个社会经验公共化普遍化的基础下，小说容易成为全知视角。马克思曾称希腊艺术为"不可企及的典范"，他说"这是……历史上的人类童年时代，在它发展得最完美的地方……显示出永久的魅力"，我的理解是这里即呈现了某种不可企及的人类童年的气概，有一种大无畏的"没有我不知道的"的孩子气。但是今日社会已不同于以往，经验私人化、部落化、社区化、分化性扩大了（博客、微博、微信朋友圈），各个板块都产生无限的细分化，每个细分都意味着经验的隔绝，古典小说的全知角度很难践行。

后来心理学发展起来，每个人的心灵世界被打开，人的独立小宇宙就被发现了。每个人分割出来看有其孤立性，但又都是有内在历史化的人，依附于整个社会历史。人是单独的个体，这些单独的个体又同时并存于同一宇宙之中，受着它的影响，成为各自的模样。人物关系就是在大宇宙背景下的无数小宇宙的碰撞，作家对视角的重视就好比尽量打开某一个小宇宙的窗口，让外部世界尽量在这个独特的小宇宙中得到表达。所以我在思考，写小说更需要的是独特的个人化视角。

独特性就是有限性，给小说家的挑战就是如何提供新的有限经验，而非提供普遍经验。小说家不是万能的，如同他想去书写的"人"这个对象，同样也不是空洞庞杂的一样。小说家应该尽力对抗普遍经验的普遍性，要对自身有限性有充分认识并且善于利用这种有限性，他需要落到地面，进入人群，从一花一木里表达世界的普遍性。知道手里有什么，才能彻底自信地去解决什么。

个人化视角大概是体现在个人的生活方式中的。就像我们都知道一句话，作家应该深入生活，因为电脑前的浏览不能真正代替民间生活。我们也时常说，现实生活的荒诞远甚于文学虚构。我诚挚而衷心地热爱人群，热爱着世俗生活。

尽管百分之九十的业余时间闭门不出，但也不妨碍在迈出家门的一刻依然拥有十八岁出门远行时的傻气激动。就像这次来南京参加《钟山》笔会的路上，我看到高铁站台上的乘务员指挥乘客走到正确的车厢号码标识旁等待却未果，而手持喇叭说："人与人之间最重要的是信任，知道吗？是信任，这里不是四号车厢，这里不是四号车厢……"我还看到车厢里的阿姨们频繁换座，不坐到一起不甘心，她们强行给自己的丈夫们塞瓜子吃，大声聊天，在微信群里抢几分钱的红包，撒下一路欢声笑语。我曾经当过十二年的高中教师，很多时候也不禁质疑，我透过自己的工作所看见和拥有的现实世界，究竟是不是真的。唯分数排名和升学率至上的教学要求，各种荒唐的校规条例，双休日和节假日无穷无尽的补课，上课时高悬在头顶的类似《1984》里"老大哥在看着你"的监控摄像头，时常让我沮丧地（或许是错误地）认为：一切都不会好了。自我的渺小和荒芜，自我在追寻梦想时的无力感和挫败感，自始至终令人垂头丧气。或许我反过来应该庆幸，正因为如此，目标和达成目标之间的矛盾曲折，只此一点，便构成了写作本身最大最美好的意义吧？可能事实真是这样也说不定。

可以说，这样的写作是属于生活的一部分，它和生活黏合得很紧密，同时也是一个人远离生活的方式。在每篇小说完成的时候，都有一段既定事实悄然而去。写作和打牌炒股种花古玩一样,都是"一种度过人生的方式"。有人选择这样的方式,有人选择那样的方式,每种方式最大的意义不在于向外,而是内指的,最终是指向个人的。而且能够坚守某个念头并执着去实现的人,都将会是对待生活和对待自我最真诚的人。

朱个,女,1980年生,浙江杭州人,现居浙江嘉善。2009年开始写小说,作品散见于《人民文学》《上海文学》等刊物,著有小说集《南方公园》《火星一号》。曾在《钟山》发表短篇小说《变态反应》。

我和我的世界

祁 媛

我是在来南京的前三天收到这个座谈的议题的。"文学：我的主张"，这是个有意思的议题。首先它有点让我想到一百年前绘画的"达达"宣言，那个宣言很牛叉地说"我们认为""我们主张""我们宣言""我们将要"等等，反正主语是复数，是我们大家一起来宣示一个观点或态度。

我觉得作为要开端一个什么新的事情或告别一个旧的事情的时候，确实是一个涉及群体的事情，就是大家有个共同的感觉和愿望。然而今天我们是不是有这样的一个共同的感受和观点呢？说实话，我不太知道，或者再说一句实话，我没有想过这个问题。对我个人而言，写作是一件私人性的事，小说首先应该是自己写给自己看的，文学最初的功能应该是自我宣泄，自我倾诉，自我慰藉，以达到自我升华。写作不仅仅是满足某些感官上的需要，去餐馆，逛游乐场，甚至也不仅仅是写死亡。写作有时也要看日出。

我这样说可能过于武断，因为我的写作历史只有不到两年的时间。我在大学的专业是美术。我是从美术的历史来看写作的历史的。1949年之后的美术,其实就是"我们"的创作活动,而不是"我"的创作活动,那时没有私人性可言。所以那时的美术作品很快就被遗忘了。当时美术作品里的所谓"社会热点""社会主题"和"时代精神",在今天看来失去了原来的意义,有的都不知在说什么了。而今天就不一样了。社会已经比较多元,我们每个个体有了自己的空间,我是说思想的空间和生活的空间的双重性的个人空间。我认为这是今天和过去的最大的区别。

所以我认为,今天,就写作而言,尽力充实和丰富我们每个人自身的精神空间,也就是我们写作的个人空间,是可能的了。但是我同时认为当下的媒体时代的信息,商品时代的无处不在的商业文化,都在从各种渠道影响着我们每个个体,不光影响我们的言行举止,时尚价值,更重要的是影响我们的思维方式,使我们不知不觉地产生思维趋同,而这是艺术创造,是文学创作的大敌。

如果说某件前人或同代人的作品感动了我,我想是那个创作作品的作者个人感动了我,而并非是那个时代的"他们",甚至也不是那个个人代表的"流派"和"主义"。那么那个"个人"究竟是什么呢?我认为就是那个"个人"的自己独特的经验和感受。离开了独特的个人经验和感受,我想任何"流派""观念",都是苍白的。

我们的艺术之所以能够存在，完全取决于我们各自的经验是否独特，我们的各自的感受是否不同，自然，这些也都关系到我们每个人独特的知识结构。也就是说，由于个人经验和知识结构的不一样，每个人的视角就可能不同，我们的视角不同，我们就可能在作品里呈现不同的世界，我可以将这个世界视为一个新的感性的世界。

为什么是"感性的世界"呢，因为我认为，离开了我的感性，当然包括你的和我们所有的个人性的感性，世界其实是不存在的。不是吗？好比离开了耳朵，就没有音乐的世界，离开了眼睛，就没有视觉的世界，离开了思想和语言，就没有文学的世界一样。所以，我的小小的逻辑是这样的，有了我，就有了世界。

祁媛，女，1986年生，现居杭州。小说散见于《人民文学》《收获》等刊物，多篇作品被选载，获"紫金·人民文学之星"短篇小说奖、"2012—2014年度浙江省优秀文学作品奖"等。

写作是一场幻境

李 唐

米兰·昆德拉在《小说的艺术》中说，现代小说最大的魅力就是它的"暧昧性"。我喜欢这个词，它与我们所处的时代息息相关。我相信，最好的东西往往是最不可把握的。比如说所谓的"灵感"，它无法用科学来解释，一个优秀的科学家并不能发明出一台可以写出伟大作品的电脑，就像石头经过数亿年的进化，也不会进化成怀表一样。写小说的时候，那些模糊的形象像是一个个幽灵，行走在我的天花板上，或者就坐在我身边，抽着烟，看着报纸。它们的动作是如此吸引人，以至于我必须将它们记录下来。我不知道这种记录的意义何在，这也是经常困扰我的问题：意义究竟是什么？小说是否需要意义？

所以我最怕别人问我："你这篇小说写的是什么？"我几乎无法回答。我当然可以为了应付而说出许多浅显或深奥的解释，来为我的小说披一层"合法化"的外衣。但我清楚地知道，这些解释并不是我写小说的初衷，我写作的真正初衷正是因为世界的不可把握性。一切皆有可能，我才能写出充满可能性的作品来。

历史发展到今天，许多古老的经验被推翻了，许多世代所遵行的真理变得可疑甚至可笑。现代社会没有参照物，就像我曾看过的一幅画：一个蒙住眼睛的司机，靠一群瞎子来领路。统一的价值观像一面大镜子被砸得粉碎，镜子的无数碎片变成了一个个多元而又相互对立的价值观。当科学使最初混沌的世界变得逐渐明晰之时，相反地，人性的内部却更加幽暗不明起来。就像西川的诗所写的，人们寻找着自己，却无意中发现了好多个自己。

在这样一个时代中，小说会变成什么样子？它充满了暗示、暧昧、符号和自我否定，当人们哀叹"文学已死"时，恰恰忽略了这个时代给予写作者的最丰富的馈赠。

回到我自身，除了时代的因素外，写诗的经验也是促使我将小说处理得"不现实"的原因之一。诗歌是炫目的，但同时也是不可解释的。诗歌之所以被称为文学的王冠，并不是因为它比其他的文学形式更富含哲理或知识，而是因为诗歌让我们看到了语言可以达到的深度。从初中开始，我接触诗歌，并且被持续地震撼着。那些几乎接近"极限"的诗，向我展示了文学语言可能达到的程度，让我知道，这些干巴巴的符号般的文字可以像巫师手中的纸牌那样充满魔力。诗歌无法向我解释这个世界，但给了我看待世界的方式。

我希望自己可以写出"诗性"的小说，像诗歌般拥有广阔空间维度的小说，像诗歌般探入内心深处，去叙述我所看到的幽灵们。我希望我可以挖掘生活中的这种诗意。他们本身的意义是模糊的，不可把握的，村上春树曾谈到他的写作，大意是：他们像是一个个徘徊在周围的幽灵，写作者抓住了他们，将他们从另一个空间拽出来，写到了小说里。我最喜欢的导演大卫·林奇也有类似的观念，他的电影很多都是即兴的，是某一种念头。我希望日后可以探索到更为广阔的领域。

有很多人问我，"90后"的写作与前几代作家究竟有什么不同？这同样令我难以回答。首先，每个写作者的风格都是不同的，是否可以将这些单独的个体融合为相同的群体？其次，就算假设这些写作者由于年龄与语境的相似而被归于同一群体，那他们是否与此前的写作者有本质的区别？我们知道，当我们提起唐诗时，想到的是杜甫、李白、白居易，但他们之间可能相差了五十年，甚至上百年，可提起他们时，就像是一代人一样。因此文学代际的划分并没有那么精确，"80后"与"90后"，甚至与"70后""60后"，都是一代人，当后世的读者提到这个时代的写作者时，恐怕也不会有所区别。

因此，"几几后"的说法只是某种传播学层面的术语，与文学无关。我相信，每个写作者无论用何种表现形式，他们都在追寻一种永恒的东西，都在寻找文学的本质，这才是将写作者联系到一起的基础。文学的传承、代际，也只有在这个层面上讨论才合适。

每个作家都有自己的传承，这种传承比起"年代"更能体现出一个作家的实质。就像前面提到的大卫·林奇或是村上春树，毫无疑问，我的写作传承了他们的某些特点，他们都是"40后"，可我对他们的作品感到无比亲切，仿佛就是"一代人"，还有更早的卡夫卡等等，与这个时代相比，我似乎感觉自己与他们更为贴近。写作有时就是一场幻境，它可以使我们超脱于时代，或至少保持一定距离。但我不想再继续谈论"时代"这个宏大的主题——它就像是博尔赫斯小说中的上帝，可能就隐藏在某个字母中，但我们或许一生都无法找到它，更别提触摸到它了。

当然，它可能根本就不存在。

李唐，男，1992年生，北京人。高中写诗，大学开始小说写作。作品见于《人民文学》《花城》等刊，出版有小说集《我们终将被遗忘》、长篇小说《身外之海》，获"紫金·人民文学之星"中篇小说奖。曾在《鍾山》发表中篇小说《蜉蝣》。

写作是需要学习的

余静如

这次会议的主题是谈文学主张，大家最后都没有说出什么主张，或许因为"主张"这个词有点过于自信，甚至有点强势。在这个时代，似乎没有人乐于听"主张"了，尤其是"文学主张"。我们只能轻声细语谈一点自己的感受，说一点看法。如果现在走出会议室，去找一个陌生人搭讪，谈文学肯定是最差的一种方式。文学已经成为一个小圈子里的事情了，我缩在里面，感觉它还在越变越小。但怎么说呢，虽然小，我还是觉得很温暖。

我很喜欢看小说，也喜欢写。"喜欢"的程度比较深，可以称得上"热爱"。我喜欢和喜欢小说的人待在一起，不管他们个性如何，只要他们也喜欢小说，我就觉得有共鸣，有安全感。似乎这样的一种共同点可以把我们圈在一起，达成一种理解。我认为成为一个写作者，首先必须具备的就是对文学的"热爱"。文学创作是一种精神活动，如果不具备这种"热爱"，写作就只是工具，作者也只算是一个"写手"。

我认为好的作者是需要"自省"的，这当然是建立在"热爱"之上。要求一个不"热爱"文学的人去为文学"自省"是不合理的，这种"自省"只能是文学内部的事情。作者心里应当时时刻刻有一个标杆，那是一个他永远为之努力，但永远触及不了的地方。有了这个标杆，他就能一直走下去，一直坚持下去，不停止。这并不是因为他要做一个苦行僧之类的角色，而是因为他永远创作不出自己真正想要的作品。

有人说写作是谈不上坚持的，因为喜欢的事情不需要坚持，只需要去做。我对写作的态度不是这样的，或许这和我在写作班的经历有关，我认为作者对写作这件事情是有责任的，如何把想要表达的东西以最好的形式呈现出来，这是一种需要付出极大努力才能做到的事情，并不只是因为喜欢或者热爱就能够做到的。在这个过程中作者会遇到很多挫折，有很多痛苦，这个时候他就是需要坚持的，因为完成它是作者的责任。就像恋爱与婚姻一样，恋爱的感觉或许很美好，但与婚姻相比，它的状态里就缺少一点责任。这个比喻或许不够准确，再举一个例子，我认为"作者"与"作品"之间的关系，也像父母与子女之间的关系，人们把新的生命带到这个世界上，就有了责任，在养育下一代的过程中，会遇到很多困难、很多痛苦，但因为爱和责任，他还是要坚持下去。我对"作者"和"写作"二者关系的理解，就同我对婚姻和养育子女的理解是一样的。这样说或许有些好笑，因为我并没有经历过这些,但我的理解是这样。

写作的过程对我来说是有些痛苦的,我经常会因为找不到合适的表达方式而逃避写作这件事。但在我不写的时候,我会很不安,因为我知道我迟早要面对写作,它就在那里等着我。尽管我内心极度焦虑恐慌,我还是会走向它,因为我觉得自己对它有"责任"。

我认为真正的作者不应当通过写作去达到某种目的,因为写作本身就是目的。我这么说并不是否定靠写作为生的人,我非常敬佩职业作家,因为写作和其他的职业不同。勤恳地工作在大多数情况下是可以得到相应物质回报的,但勤恳地写作并不一定能。当然,有许多商业化的写作活动,他们通过策划、市场调研,有针对性地推出作者和作品,利润丰厚。这些并不在我所说的写作范围之内,我说的是传统的写作。

我知道许多作者辛苦一辈子并没有得到什么,他们写作只能是因为热爱。而他们的作品不为人所知,很多情况下是因为技巧不成熟或是其他写作中的问题。我的意思是,很多热爱写作的人并不善于写作。

因此我想谈谈写作班的事情,我在2014年毕业于复旦大学写作班。对于这个专业,外界似乎一直有争议,争议围绕"作家能不能被培养"这个话题。事实上,老师教授我们写作技巧,并没有说过要培养作家。到底具备什么条件才能成为一个作家?掌握写作技巧吗?我认为不是的,写作是一件具有创造性的事情，是由内而外，主观上生长出来的一个精神性的东西。技巧是可以传授的，而精神不能。但写作班是这样一个地方，它给予热爱写作的人可能性。一个作者从"喜欢""热爱"到真正走向"写作"，其中要经历很长的一段路。写作班缩短了这个过程，至少对我而言是这样。我在写作班里最大的收获就是：我明白了写作是多么复杂的一件事情，写作是需要学习的。

我将一直学习下去。

在这个世界上存在写作这样一件事情是很奇妙的，我很感激它的存在，它给我的生命提供了一个可以安放的地方，我很高兴。

余静如，女，1989年生，江西人，2014年始发表小说，有中短篇小说作品见于《西湖》《小说月报》等刊。现居上海，任某杂志社编辑。曾在《锺山》发表《荒草地》《安娜表哥》。

不是主张的主张

张　忌

说实话，我好像从来没思考过什么文学主张。一直以来，只要是自己觉着好的东西，我就喜欢看，也喜欢学。我记得我曾经为一个杂志写过一个创作谈，我说，在很多时候，我就是一根墙头草，有时候，往这边倒一点，有时候，又往那边倒一点。这话算戏言，也不算戏言。

说起来，写作对于我而言，可能算是一个偶然事件（可能不单单是我，对任何人都有可能是偶然事件，我从来不信天生注定干某一行的事情）。这个事情，还跟《锺山》有关。2005年，我在《锺山》头条发表了一个中篇小说《小京》。结果，这个小说引起了很多人的关注，而且在相当长一段时间里，说起我的名字，就会说那个小说。这件事给了我一个错觉，我觉得自己肯定能成为一个作家，甚至已然成了一个作家。就这样，这个念头一直怂恿着我往前走。我记得有幅漫画，画上有一头驴，驴上骑着一个人，这个人像钓鱼一样将一捧青草悬在驴前，结果，这个驴以为往前走就能吃到青草,就一直往前不停地走。我觉得,我就是那头驴,而那篇发在《锺山》上的小说,就是那捧草。

我总是想,一个人能走上写作这条路,还真是一个很偶然的事情。就像我,如果当年没写那个小说,或者,写了却没有发表,而是存在我的电脑里,成了一个打不开的文档,那我又会怎样呢?我想,应该不至于出现颠覆性的结果,我不会因为成不了作家而流落街头,靠乞讨为生。但起码,会是另外一幅景象,起码,我不会像现在这样懒,打着作家的旗号,半夜睡觉,中午起床。如果能以我为例,那么我们这些人,或者说我们这些作家,是不是就是比别人会写,就是比别人有天赋,就好像每个人家里都是供奉了文曲星一样?我觉得不一定,有时,走上一条路,无非是一个机缘而已。比我们聪明,比我们写得好的人多如牛毛,这些人大隐隐于市,小隐隐于市场。他们没成为一个作家,可能就是因为没遇上那么一个机缘。如果他写了,也发表了,过上几年,可能也就成了作家。因为不能发表,不能及时得到鼓励,很多人的这一部分欲望就缩回去了,或者转到别的地方去了。所以,成为作家和不成为作家这事,我觉得没那么复杂,也没那么重要。

当然,对于我本身来说,写作还是很有用处的。从某种程度来说,写作是让人的生命变宽的。变宽,可能是因为想得多了,写作这个事会让你去想一些别的八竿子都打不着的事。总体上来说，写作还是挺好的，它陶冶了我的情操，有时让我觉得窝窝囊囊地活着之余，心底还似乎有那么一点高贵的东西。我觉得这个还是很重要的。

我说2005年我发表了《小京》，其实我写东西，发表东西，是从2003年开始的。写到现在，也有十多年光景了。初写时，对小说的理解很肤浅，没有经验，没有束缚，只是凭借自己的喜好胡乱去写。写完了，也不确定写的是不是一个叫小说的东西。但到现在，好像明白了，有了经验，有了套路，不管怎么写，写出来的就一定是小说了。但这样是不是就是说，没经验的时候，写的东西就不如有经验写得好。真是未必，写作这事情，有时候挺怪的，能想清楚，自然是好的，但想不清楚，也有想不清楚的好处，东闯西闯的，也许就被你蒙出个好东西来。有时候，想得清楚了，控制得准确了，东西似乎也挺好，但这种好，也就是平常意义上的好。

杂七杂八写了一堆，虽然没什么主张，但主题毕竟是说文学主张，总还得有点主张。我想，小说有很多种，有人写小说写得像说书先生，有人写得像大学教授，还有的人，可能写得像搞装修的。我觉得南拳北腿，各有喜好，各有套路，这都没什么大问题。对我来说，我没有那么高的追求，精神啊，信仰啊，思辨啊，我想我一辈子都写不出那样的东西。书念得少，脑子也动得少，只能写点符合自己实际情况的小说。我觉得，将小说写得好看，然后这种好看中又似乎带了一点比好看更重要的东西,那我就很满意了。

张忌,男,1979年生,浙江宁海人。2003年开始小说创作,先后在《收获》《人民文学》等杂志发表小说近百万字,著有长篇小说《出家》等,2014年获得第二届人民文学新人奖。曾在《锺山》发表中篇小说《小京》,短篇小说《丈夫》等。

真正的诱惑都是宁静的

周李立

我们喜欢谈论好小说,谈论好小说应该是什么样子,谈论如何写出一篇好小说,谈论那些写出了好小说的人,为什么是他们写出了好小说?我们还喜欢谈论好小说应该带来愉悦还是悲伤,它的作用是陪伴还是引人感受,我们谈论读过的、准备读的、听说过的好小说……我们兴致勃勃,偶尔为某篇好小说,热血沸腾。

这情形很像男人们谈论美女:他们谈论什么样的女人是美的,举出那些见过的、没见过的、想见的美女作为例证;这情形也像女人们谈论美女:她们谈论美女如何成为美女,举出美女其实也不那么完美的例证。女人们总是很容易在美女的鼻梁、脸庞或者腰臀存在比例这种地方,找到不足之处。

环肥燕瘦、宝黛各异,好小说和美女类似,各有精彩。我试图总结过好小说的样貌,但很快,我发现另一种样貌的小说,也是好的。我因此责怪自己为何不坚定,但也领悟到这或许并非因为我的不坚定。阅读与欣赏,无论小说还是美女，都应是愉悦的体验，不该为狭窄的趣味所限。

大一的新闻写作课上，老师把我们的作业汇编成册，题名为《不要这样写》。毫无疑问，我们那时的作业是失败的——仰仗于八百字高考作文的训练，我们暂时还无法真正地写作，哪怕是有规则、方法的新闻写作，也不能。当然，这是一个不恰当的比方，新闻写作与小说，根本就是地球东半球和西半球那么远的事。但在我看来，"不要这样写"提供的是一种思路——美是虚幻、难以描述的理想状态，我们努力抵达。那在抵达之前，我们至少知道，什么是不美的——然后才好离它远远的。

好小说是一种完美状态，写作者其实终其一生都为着这样一种"梦境中的完美"。很不幸，这是一项注定失败的事业。那些已然"经典"的作品，在作者本人看来，或许都还可以更完美一点。如果作者不这样想，那这"经典"其实很可疑。但"没有更完美一点"的经典，其实也不妨碍它们继续当经典。

既然注定失败，说明大家在无限逼近完美的好小说的生涯中，结局都一样。那我们其实已经可以不讨论这共同的结局了，虽然它的确令人懊丧。

重要的是，在这个无限逼近的过程中，我们的努力和尝试，每一次都让我们离"不完美"更远一点。既然美女无法定义，任何定义都难免以偏概全，那么我们只好先排除不美的，之后再谈论起来，是不是会更容易些呢？

我是知道不好的小说的样子的。虽然我没有总结过它们的样貌，但我总能看出来。哪怕它有时候有光鲜招摇的伪装，但也骗不了我，我知道它妄图藏掖起来的那些庸俗与无趣。当然，更多的时候它根本都懒得伪装，只是无所忌惮地袒露出庸俗与无趣。有时候它会虚弱，以为华丽的表达可以成为包裹病体的锦被，但锦被之下的肉体，奄奄一息、哼哼唧唧。有时候它也会失去控制，披头散发佯装名士，但它散发也弄不了轻舟，它只是不梳头的懒妇，耽溺于安逸与自恋。我还知道，它有时候像艰难的便秘患者，没有润滑油的轴承生涩地运转，磕磕绊绊，企图蒙混过关。它有时候会变形，成为散文、论文、个人回忆录乃至教科书，或者成为历史课本的另一版本，但它绝对不是小说，虽然它仍被冠以小说之名。它有时候很喧闹、一惊一乍，像疯狂派对上五颜六色的人造假发，脱去之后只见一个个光溜溜的头颅。

不好的小说，还有别的样子，但有一点是一样的——它很有诱惑力。当你面对电脑屏幕上的空白文档时，它就来挑逗你了，让你精力不能集中，生出自大的幻觉。如果你不能果断识别和拒绝它的诱惑，而成为它的帐中客，过一段时间，你幡然醒悟，就会为自己的错误后悔不迭。当然，你也可以选择永远不醒悟，而继续在小说的门外兜兜转转，永不入门。

我并不是在指摘和影射不好的小说。我陈述的，是我自己关于写小说的警示。我希望识别并拒绝"不好的小说"指向的那些小径，不，那些陷阱，而持续地行走在好小说的道路上。这不会是条安逸的道路。但它也自有它的诱惑。

好小说的诱惑是宁静的。真正的诱惑都是宁静的。在每个人的生活中，总有那么一些东西，如暗夜微光深藏某处，似近在眼前触手可及，恍惚又变得闪闪烁烁遥不可及。它召唤、诱导又欺骗你，让你埋怨自己为何会有这样不放弃不抛弃的愚蠢执念。但它也回报、供养和安抚你，让你欣慰于自己幸好还有这不放弃不抛弃的愚蠢执念。

就是这样，它永恒存在，让人又爱又恨。我说的是，好小说。

周李立，女，1984年生，四川人，现居北京。2008年开始发表小说，作品多次被转载或入选年度选本。出版有小说集《欢喜腾》《透视》《八道门》。获汉语文学女评委奖、《小说选刊》新人奖等。曾在《锺山》发表小说《七年》。

为生存而呐喊

周如钢

2009 年我开始尝试写小说,而之前的几年时间里,我一直在散文、随笔的领域里晃荡,尽管发表得多,但真正在纯文学领域的收获却很少。也就是在这一年,诸多的人、事经历,诸多的世事纷扰,让我改变了对这个世界的看法,人、事、物,突然觉得跟原来想象的与看到的不一样。感觉多年颠沛流离的生活有着无法言说的迷失,即便在散文的创作中依然没有找寻到我希望看见的自己,以及发出自己一直想发出的声音。从这个角度说,从散文到小说,也算是我对文学的一点"主张"吧。

毋庸置疑,进入新世纪以来,随着网络与多媒体的狂轰滥炸,纯文学迅速退居二线,以往在文学杂志上发表作品后产生巨大社会影响的事一去不复返,全民速食的疯狂导致的文学式微改变了文学在社会语境中的话语生态,没落的文学成了我们小部分人的狂欢。

好在文学的药性还在。在我看来,这种药可以帮助很大一部分人理解这个时代,了解这个社会,从而让他们看清时代与社会的质地和纹理,更加渴望一种符合人性的生活,以及帮助其建立起一种具有正气正义的精神能量。这种精神能量最重要的表现是能够清醒地认识当今的中国和我们所处的时代。

应该说这是一个最好的时代,也是一个最坏的时代。"白猫黑猫能抓住老鼠就是好猫"的结果是让物质迅速膨胀,在物欲横流间满足了大部分人对于生存本身的渴望。但物质表面的丰富与充足掩盖不了其背后的浮躁与喧嚣,以及人性的贪婪和道德的堕落。而这些是文学真正的职责所在。处于食物链顶端的人,拥有着巨大的权力和欲望。处于食物链底端的人,即便不是在温饱线上挣扎,也依然被众多的强权规则所禁锢。与此相对的是,现在许多文学作品,过多地强调自我,强调一种自我的感受,风花雪月无病呻吟,格局狭小境界偏低。我在编辑《牧野》杂志时曾经收到无数类似的作品,写农村的不是村长欺男霸女一手遮天,就是女主肤白翘臀一村之花,然后女主被村长觊觎等等,写城市的更是充斥婚外情第三者以及床戏等等。这样的所谓"现实主义"真的是现实么?这样的接地气真的是接地气么?

其实,作家最重要的是在现有的语境下,说好该说的故事,发出该发出的声音,因为作家总是需要有一定的担当,需要去发现大多数人发现不了或述说不了的东西。除了应该好好讲述"耳熟不能详"的故事,还要善于在喧嚣中发现孤独,在强大中发现脆弱,在浮躁中发现空虚,在成熟中发现稚拙,在丰足中发现困顿、彷徨和迷茫。作家是为了生命而写,为了人性而写。撇开小说的技巧而言,小说最重要的就是药性的发挥,让药性作用于我们的精神,即便不能改变世界和时代,至少可以真切地反映这个世界和时代以及我们的生存境况。

活着的质量低是生存,活着的质量高才是生活,文学的使命应该是为生存而呐喊。写出生命的疼痛和纠结,写出命运的多舛和不堪。观照现实,观照内心,这才是我们需要做的。这也无关年代的划分,"50后""60后""70后"或"80后""90后"都可以,只不过需要用不同的眼睛去打量不同时代的不同生命的存在方式。

最华丽的旗袍也可能沾上虱子,最美妙的玉石也会有瑕疵,我们不是去制造虱子和瑕疵,而是努力地去寻找和发现,促使增加去掉虱子和瑕疵的可能性,以期让旗袍更曼妙,让玉石更温润。

周如钢,男,1979年生,浙江诸暨人。做过木雕织过布,摆过地摊教过书,当过媒体记者编辑与主编。2009年开始小说创作,迄今已发表作品百余万字,部分作品被选载并入选年度选本,获中国小说学会全国短篇小说大赛二等奖等。

说几句"以兹鼓励"的话

育　邦

迄今为止，我们绝大部分作家的注意力依然停留在发表、出版、荣誉和财富上，即便他们不愿意承认。这些事当然无可厚非。是的，作家也必须食人间烟火，对于现实利益也相当敏感。但作家的理想世界必须是现实生活价值的对立面吗？它摒弃对生活的种种傲慢之举，摒弃现有的共同的世俗价值理念，只能去践行彼岸的生存方式吗？妥协之余，是不是可以坚持——"把真理置于现实的利益之上"呢？

我们往往不能做真正的自己，这使得我们的写作未免显得英雄气短或词不达意，要么虚与委蛇，要么小心翼翼。这是一个伟大的传统，几乎所有的中国作家心中都设定了禁区，为了使作品顺利地面世，他们往往绕道而行。但过多的"弦外之音"不免会使写作者堕入虚无主义的泥潭。有时，绝望和悲怆还是不断驱使人们叛逆，冒险突进，那些黑夜里的"潜行者"不停深入世界的核心与真相，他们自我发现、自我觉醒，并作出精妙的表达。由于这一因素的存在，我们也拥有一批可堪与世界级作品媲美的小说。

我想起舍伍德·安德森对年轻的福克纳说过的一句话，真是让人提气。他说，作为一个作家，你首先必须做你自己，做你生下来就是那样的人；也就是说，做一个美国人和一个作家，你无须口是心非地歌颂任何传统的美国形象。

可惜的是，有些人生来就是精神扭曲的人、口是心非的人。数千年来，确实有一些有脊梁的中国人绝不愿意做这种人，他们的结局往往很悲惨——作为作家，他们基本上遭遇精神和肉体上的双重毁灭。

我们需要一切妥当了，才开始写作。至少我们是冲着一切妥当而去的。事实上，作家并不需要经济自由，他所需的只是一支铅笔和一些纸。福克纳言："我从未听说过由于接受了慷慨馈赠拥有金钱而写出佳作的这种事儿。"是的，以我有限的所见所闻，此言不虚。

还有另外一种活法。做一个作家，需要勇气。萨义德说："这些个人和社会不合，因此就特权、权势、荣耀而言都是圈外人和流亡者。"流亡是一种可以让他们继续保留和发展自我的方式，甚至在现代社会中也是一个了不起但又富有挑战的选择。"对于受到迁就适应、唯唯诺诺、安然定居的奖赏所诱惑甚至围困、压制的知识分子而言，流亡是一种模式。"（萨义德《知识分子论》）流亡者丧失了自己的故乡，丧失了那些有形的物质基础和无形的外部气息，他唯一的安身之处就是那些洁白的尚未展开的纸。阿多诺作为一名真正的流亡者，他指陈："对于一个不再有故乡的人来说，写作成为居住之地。"因而，我们可以心安理得地认为写作是一件美好的事。

一个作家一旦要进行创作，他便"遗世而独立"。福楼拜说，创作者必须摒弃整个世界，以蟹居于作品之中。他本人也是践行此道的。他赞许放弃人世的姿态，以便更好地投入到"作品的玩石"之中。作家正当的形象应当是以自己的背影站在人世地平线的尽头。也就是说，假如这一形象能够存在的话，就意味着作家的意愿是：一是对世事的厌倦；二是隐遁于自己对世界的要求；三是对彼岸世界的欲念。

福克纳一再重申作为一个作家的观点：人是不可毁灭的，因为他拥有简单的自由意志。我以为这句话很好，以兹鼓励自己和写作的朋友们。

育邦，男，1976年生，江苏人。从事诗歌、小说、文论创作，著有诗集《体内的战争》《忆故人》、小说集《再见，甲壳虫》《少年游》、文学随笔集《潜行者》《附庸风雅》。现居南京，任职于某杂志社。曾在《锺山》发表诗歌《山居》、小说《恐龙先生》。

我的几条看法

曹 寇

第一,文学是无用的。它确实是一项精神和审美活动,没有任何世俗功用。我记得叶兆言有个比喻很精准:文学有如爱情,但没有爱情照样可以生孩子。世俗功用就是"生孩子",就是所谓的繁衍、发展和进化。鲁迅也说过"一首诗吓不走孙传芳"。"诗言志"讲的不是文学功用,而是写作伦理。其主观、内在和私密性,都很清晰。也可以说,写作是一种"内圣",也就是修行。"外王"这种功用性是之后的事,是一种可能性,并不确定。但文学的世俗功用并非不存在。文学的世俗功用是被赋予的,或者说是文学作品的衍生价值。文学作品首先可以成为后世的一种历史文献,在即时状态下,可以成为田野考察(如《国风》)和政治宣传手段(尤其是二十世纪)。后者,也就是二十世纪的中国,文学的政治功用被使用到了极致。它不仅被政治利用,政治一度成为写作立场和方向。这是一个非常重大的变化和问题。

第二,正是因为政治功用被发挥到了极致,到二十世纪九十年代，文学写作对社会生活的干预能力也被放大到了极致。加之当时的娱乐方式还很稀缺和单一，文学一度处于这个国家文艺生活的核心地带。这也正是二十世纪九十年代以后所谓"纯文学边缘化"的由来。在我看来，文学的边缘化不仅是必然，也是必须。

第三，写作唯有处于其"无用"状态，才能称其为艺术。《红楼梦》就是一个典型案例。认真读过此书，我们不难发现曹雪芹不可能有意识地去指控和批判什么。它的核心在我看来讲的是一个人类学中的终极问题，是清与浊的对立、此消彼长以及互相转化。作为知己，黛玉"质本洁来还洁去"了，剩下宝玉自惭形秽。后者不想当浊物，但他似乎也没有选择。这是宝玉的痛苦，是曹雪芹的痛苦，也是人类的集体痛苦。曹雪芹使用的是中国的文明方式，一如莎士比亚和贝克特的戏剧，福楼拜的《包法利夫人》和卡夫卡的《城堡》，他们使用的是西方文明的方式在追问。好的作品都是屈原的立足点——天问。当然，一切现世指控和批判都是好作品中的应有之义。

第四，我似乎在拿经典说事。但经典也是因人而异的，理论上并无一致的经典。经典只存在于阅读者的需求中。而所谓需求，是客体（读物）和主体（读者）之间必须构成对应关系，或能够形成宝黛那种知己之情。我个人极其恐惧博览群书式的阅读行为，囿于并固守限度而杜绝泛滥的求知欲。在我这里，只有想读并能读得下去的书才能称之为阅读，无论它是一本众所周知的经典名著还是一本不为人知的垃圾读物。阅读对一个写作者来说确实非常重要，但绝非第一因素，甚至可以说二者没有关系。阅读和写作的共性都是精神和审美活动，都是一个"内圣"的过程。是充盈，是修行，是追问。我甚至可以如此判断：一切问题都是一个世界观的问题。

第五，文学不是信仰，亦非追求。文学是一种方式，也是一种品质。《荷马史诗》和《史记》，被列入中学语文课本，教师强调其"文学性"，此非虚言。文学性就是品质。一个黄段子、一台综艺节目、一部电影都可能具备这种品质。中国近些年来的电影虽然票房不错，但几乎都被视为烂片，在我看来，其中最大的问题就是丧失了品质，或曰文学性。而我们似乎更为推崇西方电影，推崇美剧。我认为他们具备文学品质，这一品质炮轰了我们，让我们震颤。周作人讲，文学是人学。人学又是什么？就是笔下那些人物，就是他们活得到底有没有可信度，到底是否具备人同此心的情感。2015年亦为先锋文学三十周年纪念，先锋显然也是品质，而非流派。先锋怎么能够像一位死者那样被纪念？先锋是文学艺术赖以存在的唯一合法性，它是同质化写作和平庸的天然敌人。它在两千多年前即已存在，仍然是屈原——天问。

曹寇，男，1977年生，江苏南京人。先锋小说家，出版有小说集《在县城》《屋顶长的一棵树》《金链汉子之歌》《越来越》《躺下去会舒服点》等、长篇小说《十七年表》、随笔集《生活片》《我的骷髅》等。曾在《钟山》发表小说《风波》。

文学的主张

蒋　峰

写小说十多年，我从未想过文学有何主张，大多是冒出一个灵感，再慢慢构架，假若这个念头还没有被淘汰掉，且感觉日益成熟时，便把它写下来。也许这样不对，缺乏态度，多少还是一个写作新手的姿态。这次借着《锺山》的笔会，我其实真可以好好思考一下这个命题，小说写了十来年，好的坏的有两百万字，对于文学，我到底有什么主张？

我曾主张不陈词滥调。看过很多作品，有些读完第一段就大概推断出全篇在讲什么，什么样的故事，要说什么，商业也好，纯文学也好，总之套路似曾相识，这些我都不认为是好的作品。我希望每一本书，每一章，每一段，永远有惊喜在等着你，翻开下一页，总有些你意想不到的文字和情节。

我曾主张不过分修饰。好听点说是精致修饰，不好听点说就是矫揉造作，读起来很美。是的，这样华丽的文风，这样古色古香的形容词，我就是回去重学十年也写不出来。可是全篇下来，竟不知道作者到底在说什么。举一个文学创作常用的工具——比喻句。比喻是为了什么,是为了把一般读者不了解的事物或感受,换一个喻体,方便读者理解。可是我们经常看到一些奇怪的比喻句,比如他和她的爱情就像春天的番石榴散发的花香(一时记不起,我临时学着造一个),似乎刻意追求华丽,那些喻体比本体还要陌生,爱情已经够让人捉摸不透的了,又弄了个番石榴,美洲热带木本植物做喻体,整个句子,我完全不知道说的是爱情,还是植物学。

我曾主张有所表达。经常和朋友聊文学,聊下一部构思,聊正在创作的故事,每一段情节,过不去的坎儿,在交流过程中梳理打通,包括我,大家都一样。可是回头一想,故事是讲圆了,起承转合,状态好的话,没准还会写得很好看,可是我到底要说什么,有什么是我想表达的?如此这般,把它硬写下来,能有什么意义,就算不浪费纸张,起码也是费电。也许会多一层思考,从此以后,想想为什么要写这个,有什么要说的,有什么也曾是我的困惑。倘若什么表达都没有,就让它烂在肚子里,起码还算环保。

我曾主张内心真诚。我前两天参加一个讨论会,会议的主题是国族精神。国族不是中国足球,是生造的一个词,国家民族,大概就是什么样的小说才是中国式的,传达的是中国精神、中国梦。大家讨论得挺活跃,都觉得只有有格局,有忧国忧民的胸怀,才能真正写出传世的、传到国际的大作。这里面有一个悖论,写作是什么,写作的初衷是我想写什么,然后通过我的能力，尽量地去把它完善完整，而不是我应该写什么，然后再挤牙膏一般把它完成。我觉得写大题材也好，写小题材也好，其实还是真诚，不一定非要盯着社会变革，当然也无须只关注自己的小情小爱。那么卡夫卡的《变形记》怎么说？完全是基于卡夫卡纯粹的个人体验，按理说格局很小，但这是他最想写的，最真诚的表达，反而成为了经典的世界文学。

蒋峰，男，1983年，吉林长春人，现居上海。作品见于国内多家期刊，出版有《淡蓝时光》《为他准备的谋杀》《白色流淌一片》等，获第五届"人民文学·紫金之星"文学奖中篇小说奖，小说《遗腹子》获2011年"人民文学年度最佳短篇小说奖"。

个人经验之后该往哪里走

雷　默

对文学主张的认识，我这几年才刚刚开始，以前一直靠经验叙事，经验其实没那么可靠，慢慢你会发觉那些经验并不全是你自己的，尤其是这个信息膨胀的时代，我们很多自以为是的经验往往来自于外部，比如影视、书籍。准确地说，应该是外面的一部分经验，再跟自己的生命体验进行了杂交，然后被写进了小说。这造成了不好的小说有各种各样的差，所谓的好小说也差不多好，好得像一个人写的。

甚至严重的还有两个不同的人，却不约而同地写了同一个东西。我也在考虑，为什么会出现这样的情况？我想可能跟我们的阅读背景，营养来源有关，我们差不多都受过西方现代主义文学的影响，因此造就了我们的思维习惯和方式的趋同，对文本和艺术的感知趋同，所以，写出来的小说无论从外观还是精神深度也都差不多，可能区别就在于微小的地方，比如小说语言的差别，个人喜好造成的个人气质的差别。

先锋文学传播到中国，让汉语写作发生了一场规模空前的叙事革命，从形式到内容都发生了翻天覆地的变化。但这之后，汉语小说又回归到跟现实主义文学结亲的各个门类，曾经的先锋作家（至少很大比例）也认为依靠想象力建立起来的虚构文本，尤其是荒诞变形的胆大之作在汉语语境中没有多大出路，这跟我们的现实主义传统有关，也跟我们理解小说的思维有关，我们的小说讲究的是常识和逻辑问题，一个虚构的、变形的世界能不能让人信服的问题。

因为国外的很多小说在它自己的土壤里是成立的，但到了我们的语境中不见得成立，他们的思维方式也不一样，包括看我们的故事，也有他们自己的眼光。

我讲一个小故事，南宋时候的康王，是个可怜的皇帝，到处被金兵追捕，至今留有许多故事，尤其是浙江一带，很多地方都有村姑救康王的典故。有一次，在宁波的高桥，当地的宣传委员给我们讲了他们那里的村姑救康王，大意是村姑救了被金兵追逐的康王，康王承诺回宫后要封这个村姑做娘娘，又怕迎亲的队伍找不到村姑，约定了迎娶的暗号，让村姑在自家屋檐下挂一条红色的裙子，结果，回家后，村姑的妈妈一激动，把好消息告诉了村里所有人，到迎亲的日子，整个村子都挂满了红裙子。那天，讲这个典故的时候，有一个外国朋友也在，他跟我们的理解完全不同，我们认为，这个母亲是因为女儿要当娘娘了,出去跟人炫耀,才把消息散布出去,不料全村姑娘都想当娘娘,把结果搞砸了。外国朋友说,这个母亲是故意的,因为中国的宫廷钩心斗角,一个村姑很难安身立命,而且母女要再相见很困难,母亲不舍得,所以故意把消息放给了全村人,是掩护她女儿,不让她进宫。

当然,他的理解更接近于小说本质,我想说的是思维方式不一样,所处的语境也不一样,个人经验是需要甄别和慎重对待的。

再回过头来说,我们的小说其实就是人性的容器,一个小说的价值大小也取决于在对复杂人性的挖掘上贡献了多少。我想说的是,我们更应该关注国人的人性,鲁迅先生在一百年前开始的传统要继续下去。尤其是我们处在一个转型的时代,其实也是小说有可为的时代。我从小受的教育让我对现实有一种变形的认识。我们小时候,学校培育了一批整齐划一的大脑,给了我们一个修饰得比外墙还好看的历史,幸运的是我们后来有了多种渠道可以还原历史,还原人性,这些碎片化的历史和人物重构成一个我们自己的精神世界,我想可能也是不完整的,但至少从蒙昧的状态中脱离了出来。我觉得我们从学校培育起来的世界观、价值观、人生观是后天经过重组的,我们的小说也就是建立在这个基础上的,这里面包含了我们的精神诉求,有对精神自由的积极追寻,对复杂人性的挖掘和捍卫,还有对既定历史的个人化重构。当小说在形式变革上找不到出路的时候，我想挖掘和拓展复杂人性是一条可以一直走下去的路。

　　雷默，男，1979年生，浙江诸暨人，现居宁波。在《收获》《花城》等刊发表小说若干，多篇小说被选载并入选年度选本，获2015年度浙江省青年文学之星等奖，出版有《黑暗来临》《气味》《追火车的人》，有作品在美国出版。曾在《锺山》发表小说《祖母复活》。

文学：我的主张

第三届（2016）《锺山》全国青年作家笔会

后现代之再后现代

西 元

我的发言主要围绕"后现代之再后现代"这个题目。可能不大容易被大家接受。好在发言会以文字的形式发表在《鍾山》杂志上，可以今后慢慢交流探讨。

"后现代"这个词在中国早已不新鲜了。二十世纪八十年代末九十年代初，几个三十岁出头的青年学者将其引入文学批评领域，与当时中国文学的新形势一拍即合。在他们多年的不懈努力之下，"后现代"这个词深刻地影响了当代中国文学的发展，同时作为一种文学现象也被写入了多种版本的文学史。今天，"后现代"这个词似乎已经很古老，并不是它已经过时，而是当代人已经身处于其中而不自觉。当年，几个青年文学批评家最大胆的预言在今天都已变成现实。

对于我个人来说，"后现代"是一种精神，它像气味、像颜色，或者像幽灵，或许你不能找出一个纯而又纯的"后现代"文本，这事实上也是不可能的。但"后现代"精神已经彻底地弥漫于中国当代文学之中，就连现实主义文学也不例外。后现代之于中国，与其说是西方舶来品，不如说更像是中国传统精神的复活。以我个人为例，多年前在学校时，下了许多功夫去学习解构理论，读西方现当代哲学。但是，真正从精神上使我震撼的却是读《金刚经》，读《周易》。我不是一个严谨的学者，没法说清楚这之间经过了怎样的过渡，但我的感觉，就像一条奔涌向前的河流，一瞬间就汇入了广阔无边的大海。那一刻，我找到了自己，找到了根植于其上的大地。所以说，后现代的精神与其说是一种启蒙，不如说是一次重新回归。

那么，为什么又要说"后现代之再后现代"呢？对于二十世纪八十年代末九十年代初的中国来说，"后现代"是一种预言，而对于当下，"后现代"精神更多的是一种觉醒。因为种种迹象预示着，属于未来的精神已经发生了决定性的改变，用一种旧的思想绝无理解将来世界的可能。而且，似乎有许多人萌生了走回头路的冲动，无论是从文学本身，还是对世界的理解，无不如此。但是，此时此刻走回头路将使我们失去理解将来世界的绝佳机会。"后现代之再后现代"的句式是戏仿了黑格尔的"否定之否定"，否定一次还不够，还要再否定一次才行，也就是说，"后现代"一次还不够，还要再"后现代"一次才能真正通达我们所预见到的精神世界。"后现代"精神也存在迷失，或者误入歧途的危险，那么，就必须通过再一次的"后现代"来澄清，来找到新的方向。

我对于那种属于将来世界的精神深信不疑,也认为它们会很快真正实现,没有任何东西能够阻挡。我还认为,在我们以文学方式去寻找他们、描绘他们时,会创造出一种属于将来世界的美。这种美才是文学留给人世间最好的礼物!

西元,男,1976年生,黑龙江巴彦人,现居北京,任中国人民解放军战略支援部队文艺创作室创作员。出版有《界碑》《死亡重奏》《疯园》等小说集,获第二届"茅盾文学新人奖"、第二届《锺山》文学奖、第十二届解放军文艺优秀作品奖等。曾在《锺山》发表《死亡重奏》等小说。

为何写作及主张

寒 郁

豫东永城的东北向,是古芒砀,始皇巡游天下前感慨东南有王气的地方。这里地处苏、鲁、豫、皖几省交界,比较乱,自古流氓与英雄丛生,比如陈胜吴广,再比如汉刘邦,当然流氓著了名动静大了也就成了英雄。这样的地方,是那种没有出路、被绑在土地上苦黄的贫穷。生长在这样的乡村,你可以一眼看尽荒凉贫瘠的命运。小时候,我常常放牧一片羊群,任它们去吃草,而我倚靠在某个年代久远到湮灭不可考的坟包前,吃挖来的茅草根或者叼一根狗尾草,呆呆地看云。风吹过来,太阳落下的方向,是我们李家的祖坟,不用去看,那些携子抱孙依次排开的坟冢早就了然于心。活着,一辈子端着碗吃饭,死了,碗扣过来,压在他们的身上,成了一个个覆碗般的坟。少有意外。

打小这种孤独敏感的性格,大约成就了我的阅读天性。以至于对文学的兴趣,几乎是一种本能。或者说,在那样狭隘愚昧的乡村,也只有文学温柔而凛冽的辽阔星空,能慰藉一个孩子热衷于幻想的心灵。但是,乡村能找到的书实在可怜,小镇没有书店,我上蹿下跳穷尽各种办法,将能找到的书囫囵吞枣地咽下,然后慢慢反刍。那时候,《红楼梦》反复看得许多章节能大段背出,没有书读的时候,《麻衣神相》和庙里流传出来的劝善小册子,也读得津津有味。

然后,辍学外出打工,浪荡了几年。那一段时间,因为迷茫,特别下劲读了不少哲学著作,主要是读德意志盛产的那些思想猛人之作,被康德、黑格尔、叔本华、海德格尔那种自我完备的理论体系给蛊惑得一愣一愣的。看完书,和朋友们去街角抽烟、看女人。虽然哲学还是不如漂亮女孩随便一个眼神更让人动心,但感到也挺有意思的。在酒店后厨做工的时候,很小心地把书放在储藏室的夹缝里,趁中午休息的时候关上门看一会儿。这种感觉很好,虽然面对的是一堆钳子、扳子、工具、拖把等杂物,打开书,却觉得这一会儿这个小天地都是我的了。打开一本书就如开启一个世界,超越这狭窄的现实空间和逼仄灰暗的人生,看到翩跹的蝴蝶,闻到芬芳的花香……阅读最大的意义是即便深陷沟壑的时候,通过经典,让人知道,在渺小和卑微之外,还有一个更为高远的天空、一种更为辽阔的生活。在低矮而平庸的人生之上,还有那么孤独那么美的星光。

2007年底发生了全国性雪灾,我当时在武汉的酒店做工。那时候还写诗,晚上,回到出租屋里,裹着被子,写得又绝望又猛烈，并且已经慢慢觉得诗歌已经承载不了更多的内容，就开始写小说。在写小说之前，把诗歌整理了一下，这注定是一本编给自己的诗集，纪念那段轻狂而憋闷的岁月，诗集誊抄完的时候，写上了"寒郁"这两个字。那时候，天那么冷，生命也很冷，没有希望，郁闷之外，当然也不甘心，有在寒凉里要挣出一点倔强葱郁的意思。

就这么一路磕磕绊绊地写了下来，慢慢到了自觉阶段，此时，更直接的写作动力无非是想写出好的小说。我的理解，好的小说，无非是世道人心，所谓"好诗不过近人情"。至于小说拙作经常被人贴上"诗味"的标签，可能是说我的语言和小说的意蕴指向，这既是赞誉，却也是很高的要求，自感力有不逮，心向往之。如果说我的语言风格有什么来源的话，可能与对汉语言病态般的迷恋有关，一路《诗经》《离骚》司马迁庾信杜甫黄景仁废名等等这么读下来，就常常忍不住感叹：哎呀，汉字真是美（这美里当然包括风骨、悲慨、激扬、哀婉、亮丽等等），可以写出很美的东西来。作为汉字的使用者，我愿意做一个敏锐的感受者，然后尽量准确地使用每个字，诗意自然也就有了。

中国世情小说有很迷人的地方，再糅合好现代派的结构和技巧，或许会是一个很好的小说写作方向。唐宋传奇、《金瓶梅》《红楼梦》《海上花列传》等等，我觉得这是中国小说的底子，起承转合一颦一笑太讲究了，所以，我有意回到《红楼梦》《金瓶梅》《三言两拍》的世情小说传统上。宝玉挨打、黛玉葬花、金莲吃醋，本是多么平常的事情，按传统小说步步为营的写法写出来，却是那么生动。写出了尘世生活的那种破碎，那种混乱，那种蓬勃热烈，那种没皮没脸，又显得那么繁华腐烂，那么绝望，那么活色生香。人情之美、之险恶、之混沌，在还没打算和这个时代握手言和之前，在我还想对现实主义发起不自量力的正面强攻的时候，我想我会继续书写这些世相的。

寒郁，男，1988年生，河南永城人。在《人民文学》等刊发表小说若干，出版有小说集《孤步岩的黄昏》，获"紫金·人民文学之星"短篇小说佳作奖、台湾梁实秋文学奖等。现居东莞。曾在《锺山》发表作品《朝低空飞翔》。

我写作的一些感受

阿微木依萝

虽然创作是孤独的,但文学却不是一个人的事,它是一个时代的印记,是更多人创建的精神食粮。我们今天相聚于此,正是说明了前辈们的期许和苦心,以及更多的希望。写作是漫长的过程,也是保持立场和决心的考验。任何一艘到达彼岸的船都经历过大风大浪。我觉得写作是这样一种状态:高处是灵魂的枝桠,低处是心灵的救赎,不论朝向哪一端都在寻求光和自由。你感觉到自己最像一粒尘埃,你才会悲伤,文学产生于敏感的人,因为知道肉身会消失才寻求精神不灭,在虚空里划一条痕迹,然而,这也是渺茫的。我是个悲观主义者。或许这恰好是文学所属的心情,好比色即是空。接下来要谈的是我的一些创作的小感受。

我 2013 年开始写小说,一年只写一篇,之前写的是散文。2015 年开始着重于小说创作。从 2011 年 6 月开始写东西到现在,五年了,这之前我漂泊在各个城市。

我写作纯属偶然。之前有对文学的爱好但并不强烈,直到 2011 年遇见我的丈夫。他买了很多书籍放在家中,我挑了几本翻看一个月之后,感触很深,觉得似乎也有东西想表达。是这样一种缘分让我最终走上写作的路。

2013 年之前,我几乎断定自己不会写小说。大部分人提到小说都在强调它的故事性、技巧性、思想性,等等,我觉得这些标准对一个刚开始写小说的人来讲,有点高,顾得了前顾不了后,会怀疑自己到底能不能写小说。并且,如果一个人一开始就觉得自己要写一个有思想性有故事性的东西,我觉得应该很难圆满地做到,很多东西是讲究顺其自然,是强求不得的。因此一个好作品的诞生,一定也有它的缘法。我在创作上时常"犯糊涂",写的散文经常被人当作小说来看,被贴了各种标签:新散文、叙事散文、田园风情、轻度叙事、跨文体,等等。我不懂这些,没有研究也不在乎一个文体所引发的各种争议。我只负责写。那么我就想,既然如此,也许小说也有各种写法呢。按照我写散文的那种野蛮——也可以叫作"顺其自然"的方式来创作小说又有何不可呢?这当然是我之后才想到的办法,很倔的,跟自己在赌气的办法。这果然让我写了几篇小说出来。我觉得任何一种文体都需要我们尽情地给它释放大的自由,无边的想象,不需要设定太多框架。过多的心理负担是创作的天敌。

美国作家卡佛说:你不是你笔下的人物,但你笔下的人物是你。这是几年前我看到的一句话。他把创作的状态和指向一语点破。我们写着各色的人，这些人难道不是我们自己吗？文学的本质是人学。人是从自己出发的。自己永远是原点。一个人能把他内心的所有东西研究和转化出来，就是一部世界史。我的狂妄的理解是这样。也可能是无知的。

看世界是通过双眼看，再用脑子分析，再通过心里想象，最后才得出真相的。写小说也是由近到远。先试探再大步向前。我的小说处女作是《土命人》，发在《锺山》2015年第1期。它是比较现实的一个题材，也经受了各种批评，有人觉得故事性不强，技巧不够，结尾没有出其不意，认为小说不是这种写法。那么小说是哪种写法呢？我个人还是抱着固执的观点（当然这个观点不等于我肯定自己这篇小说是毫无挑剔的，它仅仅是一个态度），小说有各种写法，不是只有"出其不意"这样一种结尾。

总之，在创作这条路上，边写边悟边读，阅读永远是最有效的打开心灵的金钥匙。至于写出什么样的作品，有时完全看个人的机缘和造化。当然，我今天所说的话和领悟的东西，也许明天又有了不同的理由和看法。

阿微木依萝，女，1982年生，彝族，四川凉山彝族自治州人。初中肄业，自由撰稿人，曾就读于鲁迅文学院，作品发表于《民族文学》等刊，获第五届在场主义散文新锐奖等。现居东莞。曾在《锺山》发表《土命人》等小说。

孤独，倾述，以及名字

汤成难

我最初的写作原因与其他作家不太一样，中学时，我父亲对于家人在报纸或刊物上发表东西有这样的一些奖励：在市级刊物发表奖励一倍稿费，在省级以上刊物发表，奖励两倍稿费。所以，我写作之初的动机也算是庸俗的。这是题外话。

我是个恐惧于"言谈"的人，"讷于言"或许与生俱来，我的母亲说我十个月大时已能健步如飞，却在四岁都无法口齿清楚地说几个字。母亲是一名代课教师，教师的职业习惯导致她每天回家询问学习情况，诸如：今天老师有没有表扬你？老师有没有批评你？这样的问句，回答应该是"表扬"或者"批评"，然而这两个词语成了每天最痛苦的事情——我从没能将它们发音正确，我的舌头无法捣鼓出两个不一样的音节。母亲一遍遍地示范：表——扬——，表——扬——，不是白白；批——评——，不是皮皮。这种嘴型示范的方式似乎一直贯穿了我的整个童年。不知道母亲那些年的感受是沮丧还是绝望,而我是厌恶说话,憎恨说话的,甚至会想人为什么要说话。所以,我的整个童年是孤独的,也仿佛是无声的。

读初二那年,学校离家较远,每天都要骑车十几公里,于是三五同学一起,说说笑笑,但我仅限于做一个听者。记得某天,和一个女生同路,我们已经默默骑了很久,对,默默,这是我一直以来的状态。那时正是晚春,头顶的蓝天纯净而辽阔。突然地,我想说话,甚至有些迫不及待,想说一说刚刚读到的一个小知识——关于天空为什么是蓝色的。我说了很久,说得很流畅,那是有生以来第一次说那么长、那么完整的一段话。我清晰地记得,当时的激动与喜悦,感受到耳边温暖而轻柔的风。我骑得很快,甚至将整个身体站离了坐垫,长久地仰着脑袋,看着头顶天空,心中顿时有种辽远与舒畅之感。那一天,在我的生命中具有非凡意义,似乎在此之前的岁月,我感受着某种孤独;而之后的岁月,我理解并渴望倾诉。这些,或许正是构成我写作的重要原因之一。

我的小说很多与孤独有关,与我"默默"的状态有关,写作是让我保持孤独却又能得以倾诉的一种方式。常常听到有作家说写作如同他们的生命,是生活必不可少的部分,等等。我不敢这样说,不知道写作于我究竟是怎样的一种状态或关系,它像是我童年时代的某种延续,使我倍感孤独却又不那么孤独,使我脆弱又无比强大,使我内心充满悲悯又拥有光明。

再说一说我的名字吧。

几乎每到一个新的环境,都会被问起名字的意义。我常开玩笑说,父亲真是个有远见的人,连我的法号都取好了。成难,悟空……还挺像那么回事儿的。要是让我父亲来解释,至少需要三天三夜。当然这是夸张的说法。我曾一度要改名,改过几次,均没有成功,记得最后一次,从起名馆拿回五个名字,像拿着自己的美好未来,兴冲冲地让父亲帮忙挑选挑选。记得那晚我们坐在院子里,父亲借着月光看完新名字后一言不发,过了很久,再一次向我讲述"成难"的来历,那是我最完整也是最认真地听到名字的意义。那些年,我总觉得自己各种"不顺",极度想摆脱"难"字的魔咒。但那个晚上,父亲在说起名字的时候流泪了,他回忆起那段艰难岁月,苦难、磨难、艰难、困难,他说在历经一切之后,才能彻悟更多,视苦为乐,视难为易。那晚对我触动很深,仿佛第一次正视并喜欢自己的名字,我记得父亲在月光下的泪水,记得他说起他们这一代人经历的种种苦难。他说你作为一个作家应该为他们而书写。

那时我已经开始短篇小说创作了,在我的小说中,主人公都是社会最底层的人,他们组成了这个社会一个最大的群体,他们卑微而坚韧,他们让我担心和同情。"对她作品最深的印象就是,她始终关注着普通人的生存状态,那些卑微苦难的一生，她用富于魅力的叙述、细腻的描写，真诚的关怀，让笔下的主人公演绎出或悲或喜的一生。"这是某次作品研讨会上，一位作家对我小说的评价。我想我对小说的理解，是从对自己名字的理解开始的。

小说来源于生活，它探索世界，也丰富了这个世界，描写、总结并构建着这个世界。人一生的时光是有限的，经历也是有限的。文学之最大意义在于，它通过无数写作者的工作，完整地记录了每个时代的人的精神生活和社会生活。

去年参加两岸四地文化交流活动时，一位朋友说，我们起码要做的是：不要给这个时代留下垃圾作品。这句话让我感触很深，这是对一个作家最低的要求，也是最高的要求——除了记录这个时代，更需要一种引领精神，而作家便是一个引领者，带领一部分或一小部分人，乘风破浪，驶向精神的光明之处。

汤成难，女，1979年生，江苏扬州人。代表作有《一个人的抗战》《那年碎夏》等，作品多次被《小说选刊》《小说月报》转载，入选多种年选，获第五届紫金山文学奖等。曾在《锺山》发表小说《呼吸》。

我们面前的障碍

庞　羽

生活是什么？按照字面意思，就是生下来，活下去。上大学三年级时，我选修了一门课《中国古代书法艺术》，篆书、隶书、草书、楷书、行书，黄老师讲得飘逸生动。从智永和尚《真草千字文》的纵扬飞逸中，我似乎看见了他的生活——从红尘中逃脱，只身赴佛海，在窄小的楼中，一个人写下这一篇行书。然而，我更多地看到了我们的生活。每个人心中都有笔墨，都有伤痛有执念有解脱。智永和尚如此选择他的生活，他又经历了怎样的人生呢？于是，我从大学生活入手，描写了一群缝补伤痛的孩子。他们的生活与《真草千字文》有着千丝万缕的关系，最后完成了属于自己的最后一笔。

我想写一篇风格迥异的小说，不知怎么我想起了佛罗伦萨。我对于这个名词不甚了解，只觉得它有莫名的吸引力。于是我写了《佛罗伦萨的狗》。里面主人公的生活环境，正是我熟悉的。从廉租房到学校，脑子里有了这么一个时空框架，写起来就顺畅许多。

大四是我最迷茫的一段时期。这一年我几乎没有写几个字。一方面,学业压力挺重,另一方面,就业压力挺重,我一边准备考研一边奔波于各个招聘会。时常,我站在夜里九点钟的图书馆里,看看身边认真看书的学子,看看窗外忽明忽暗的灯火,心中反复问自己,生活仅仅是活下去吗?

步入社会后,我体验到了与大学完全不一样的生活。在这里,要学会拿捏言辞、通晓世故,绝不能像在学校里那样,天子呼来不上船。转眼,我在社会上历练也满了一年,在这一年里,人情冷暖,也见了不少,世事百态,也有了了解。我没有放弃写作。就在今年,我已经完成十四篇短篇小说,这十四篇短篇里,我尝试了不同风格、不同题材、不同写法,有较为满意的也有失败的。我想,因为年轻,就需要多多尝试,寻找锤炼自己的写作风格,不要有约束,也不要有顾虑。

上半年,我写了《操场》《喜相逢》《我是梦露》《福禄寿》等小说。《操场》涉及抗日战争题材,和我的童年生活息息相关。小时候,我就喜欢在中学操场上游荡,如今写成小说,也算一种纪念。《喜相逢》描写的是一种困境与孤独,主人公活着,却活得毫无音讯。这和我刚来靖江租住廉租房的生活有关。那时我坐在窗前,总是希望飞机出现,把我带走。《我是梦露》描写了一个结巴的公交车女司机,这个和我每天坐公交车上班有关。有一天,我遇到了一位戴墨镜的女司机,她对我说了一声"刷卡"。自始至终,这两个字盘桓在我的脑海中。她要是说不出来呢？她有什么烦恼呢？每天起点终点，她难道不想开着车，从这种生活中冲出去吗？于是，我写下了《我是梦露》。《福禄寿》源自一次饭局。一个女服务员端着菜来到桌前，猛地放下就走了。不管她是失恋了还是被老板骂了，我还是被她的这一摔彻底折服了。我觉得她可能就是那个女侠，就是那个纵横诗酒的李白，同时也是无数个不得不臣服于生活的可怜人。我心情激动地记下了这么个人物。虽然在《福禄寿》里，她是一个老妇人，一个底层人，但在最后，可能是我出于私心，让她重新变成了那个女侠，狠狠地报复了她所经受的生活。

一个理论家说过，青年作家要学会"两次诞生"，第一次诞生和第二次诞生之间会有一个创作的障碍。如何越过这个障碍，这是我现在要思考的问题。"80后"优秀作家孙频有一部小说叫《我看过草叶葳蕤》，我特别喜欢这个题目，对于一个年轻的小说爱好者来说，生活中的任何经历、喜怒哀乐都是宝藏。在电脑键盘的敲打中，生活呼啸而来又呼啸而去。一地鸡毛，满目障碍，"90后"的我，已经品尝到失败的滋味。生活的本义就是活下去，但怎样把这三个字通过我的叙述变成野蛮生长、藤叶葳蕤、摧枯拉朽、春风吹又生，这是我必须要穿过的障碍。

庞羽，女，1993年生，江苏靖江人。在各种文学期刊发表小说数十余万字，其作品被各类选刊选载，入选多种选本，出版小说集《一只胳膊的拳击》《我们驰骋的悲伤》，曾获"紫金·人民文学之星"短篇小说奖、紫金山文学奖等。曾在《钟山》发表小说《退潮》。

用文学进行生命的吐纳

马小淘

在庞羽后面接着发言特别有压力,她发言特别完整、正式,还穿着西装……当然也说得非常好。我刚到杂志社工作的时候,责编过庞羽老爸的小说,现在"90后"的庞羽都出来抢饭碗了,难免让人产生一种焦虑感。

我觉得今天这个题目与南京这个城市特别契合,作为著名的古都,曹雪芹出生的地方,南京是个出主张的地方。好多主张都与南京相关,在这里谈文学的主张,有一种隆重之感。但是我自己好像又一直是个没什么主张的人,只能谈一些体会。

首先,对我来说,我要谈的只能是我的体会,而不是我们。文学是个人化的事情,即使是我这么没主张的人,其实也很难在文学上说"我们",也很难在文学层面上轻易地找到"我们"。我觉得更多时候是创作在前,主张在后。我的所谓主张,就是生动地用文学进行生命吐纳,像野生植物那样,尽自己之力生长。真实、充满生气地写作。不写鸡汤。不急于所谓成功，不猎奇，不写稀奇古怪的东西，不让自己的写作道路有可疑之处。

因为写作以外，我还做编辑，也读了大量同代作家的作品。惊艳之作当然不少，但是大失所望的也不少。我个人的感受是，年轻人一定要有元气，要能够提供新的东西。我比较介意作品里的暮气和油滑，抵制猥琐的作品。我觉得写人性的恶，描摹大奸大恶并不容易，也是见功力的。但是现在很多作品只是事无巨细活灵活现地展示猥琐，甚至能感觉到作家的津津乐道。反过来，写真善美的时候倒是简单粗暴，玛丽苏、傻白甜，竟然丝毫不能打动人。前段时间，李敬泽老师在给新闻出版局编辑培训班讲课的时候说，我们的作家写不出《悲惨世界》，就是写了也不是这个写法。我们会找一万个理由让冉阿让堕落、变坏，第一部还没结束，冉阿让可能就已经变成了人渣。这些话对我有很深的触动。好像我们一度低估了描写高洁的难度。

当然我觉得年轻作家一定要有文学的野心，这个野心不是成功学的野心，而是构建自己文学世界的雄心。不能满足于复制经典，或者自我复制，要有更辽阔、高远的愿望。宏观上一个作家要有自己的粮仓，同时，微观上，每次创作都要注重颗粒饱满，否则粮仓囤积的是坏了的粮食也没什么意义。

反过来，说一点我自己的具体情况。从我出第一本书到现在十七年了,按时间算我都算老作家了。但是我觉得我这些年变化特别缓慢,为什么成长得这么慢?仔细想想,我觉得我作品成长不起来主要是我人成长不起来。产品没变化,肯定是因为厂家死脑筋。但是我非常严肃地想,我希望作品能成熟,却对人变成熟没什么兴趣甚至说有点抵制。所以这可能有点难,很多限制都是因为我不想快速地变成一个严格意义的成熟青年。所以这事我得再好好想想,考虑考虑如何平衡。

最后再回应一下寒郁,他提到一些同代作家的优点缺点,我不太同意。我觉得批评家或者前辈作家喜欢把我们合并同类项,特别总结性地谈优缺点主要是为了省事,但是我们自己说自己应该不怕麻烦。我真心不觉得我们这一代人的小说存在共同的问题。刚才贾老师说的个体的差异比代际的差异更明显,这个深得我心。

马小淘,女,1982年生,北京人。十七岁开始出版作品,著有长篇小说《飞走的是树,留下的是鸟》《慢慢爱》《琥珀爱》、小说集《火星女孩的地球经历》《章某某》、散文集《成长的烦恼》《冷眼》等多部作品。现供职于某杂志社。

隐秘而纯粹的快乐

池　上

前段时间，在公众号里看到这样一条推送：《世界100位作家写作谈》。访谈中，有的作家表示写作能使他着迷，有的则表示写作是一种自我需要。而对于我而言，我写作的初衷却是因为一件很私人的事：我母亲遭遇车祸，永远地离开了我。

在我母亲离世以前，我可以说是个没心没肺的孩子——反正天塌下来，还有她顶着。她的离开，对我的打击太大，我记得自己还一度想过自杀。我就是在那样的境况下开始我的第一篇小说的，带着伤痛、愤恨。那时候的小说，更大程度上是我发泄的一种工具。

不久，因为种种原因，我停了笔，等再次恢复写作已经是几年以后了。老实说，如果不是心里真的放不下，还真不想再走这条老路。写作这条路太累了。工作那么繁重，生活那么琐碎，有时候，一天下来，还要一个人对着电脑，枯灯似的坐着，也会问自己究竟想要什么。

是啊，我想要的究竟是什么呢？到了今天，写作当然不可能还是为了发泄。而放眼现今的大环境，文学早不像八十年代那样白热化，换言之，靠写作来换取所谓的瞩目的机会其实很渺茫。那么说到底，我写作，和外界没多大关系，只是源于写作本身能带给我的别的东西所无法替代的成就感。

譬如，当一个念头在我脑子里刚刚冒出来的时候；譬如，写着写着，便忘了自己身处何地，自己是谁的时候；还有，当笔下的那个世界突然变得模糊了，前路变得荆棘丛生，你觉得一切都不可控制，难以为继了，兜兜转转，最后竟发现另一片天地的时候。这片天地比原本预设的更加复杂，美妙，这个时候的我真的被极大地满足了。这就是写作带给我的隐秘而又纯粹的快乐。

当然，也有不快的时候。多少次，看那些大家的作品，再看自己的，总会想，还写什么呢？好在我心态还不错，于是安慰自己，别人再好也是别人的，与我无关，我要做的就是写出属于自己的好小说来。

可这也并非易事。最开始写作，因为纯属发泄，不当回事，反而容易下笔。一旦认真起来，反倒变得缩手缩脚。以前写一个短篇只要两到三天，可现在写得越来越慢，可就是这样也未必能让自己满意。到底该写什么，怎么才是新鲜的、独特的东西，有段时间，这个问题一直折磨着我。

有天看《礼拜二午睡时刻》，我突然想，"写什么"真的那么重要吗？固然，"写什么"是重要的，可再一想，好像也不那么重要。就拿这篇小说来说吧，全文总共也只有四千多个字，换我写，也许就不写了，又或者在停笔的地方大做文章。可马尔克斯却恰好相反，他写得如此节制而又令人震撼，不能不叫人叹服。

母亲离开我整整十年了。十年，改变了我很多很多。要在过去，我一定不会在这样的场合讲我母亲这件事。我会纠结，会害怕别人异样的哪怕是善意的眼光。但现在，我越来越能以一颗平常心去接受生命带给我的一切，包括其中的好的、坏的。我很感谢有小说，她给了我另一双眼睛，让我试着去理解，去包容。这是一辈子的事情，我会一直坚持下去。

池上，女，1985年生，现居杭州。先后在《收获》《西湖》等刊物发表小说若干，著有小说集《镜中》《无麂岛之夜》，获"2012—2014年度浙江省优秀文学作品奖"等。

寻找文学与生活的平衡点

陆秀荔

记得读高二的时候，某天晚自习课上，我正在聚精会神地写武侠小说，其实所谓的小说是写在本子上，给要好的同学私下传阅的。突然，伸过来一只很白的手，抢走了我的本子。我抬头一看是值班的政治老师，此人严肃且不讲情面，我自知理亏，不敢争辩，任由他拿走了本子。但是没想到，第二天他就还给我了，并且说："小说我看过了，写得很好，你这孩子将来说不定能当个作家，但现在应该好好学习。"

老师的话让我欣慰，同时也胆战心惊。首先我必须承认对文学的热爱，自从掌握文字这个工具开始，就打开了世界的另一个维度。这个世界是如此的宏大、辽阔，又是如此的细微、具体，它将你的视野和想象拓展到宇宙深处，又带你聆听到一只蚂蚁的内心独白。不仅如此，你还可以用手中的笔，创造属于自己的小世界，如同上帝一样创造天地，创造人间，创造一切你想创造的东西。这是一种隐秘的快乐，即便你的文字不公诸于众，光是创造的乐趣就已经足够享受了。

老师动用"作家"这么高级的词来肯定我,这令人深感欣慰,但内心深处对"将来成为作家"这句话却是很抵触的。因为印象中的作家大多戴着酒瓶底一样的眼镜,没日没夜地爬格子,有些贫病交加,食不果腹……纵使成名了,常常以失去健康或者生活中大部分的乐趣为代价,这种状态简直可以说是一种惨状。所以,爱文学是一回事,当作家是另外一回事,谁知道会不会饿死呢?

此后的若干年里,我和文学一直保持着若即若离的关系。上大学时念书及恋爱,不定期地写一些小文字,有些发表,有些不发表,不过都没什么要紧,反正作家这个词仍然离我非常遥远。后来毕业了,从事的工作与文学毫不相干,但阅读的习惯,倾诉的欲望却一直延续着,零零散散、断断续续地写作、发表,偶尔也参加作协的活动。忽然有一天,本地的媒体冠以"作家"的名义推出了我的专访,我才惊讶地发现,不知不觉中竟也走到这条路上了。

在生活中,我实在是个随性和懒散的人。兴趣爱好太广泛,精力太容易被分散,一个真正的作家怎么能这样呢?我一会儿对泥塑感了兴趣,就没日没夜捏都敏俊,捏甄嬛,捏无脸男,捏身边朋友的肖像,他们说真的神似哎,你可以去景区门口摆小摊了。我当然不会听从这样的建议,生活那么美好,还有许多事情要做呢。我用帆布袋子画画,每个节气画一种花,过半个月就换一个背着。我沿着季节顺流而下,春天做槐花、樱花的饼子,夏天绣双面绣的罗扇,秋天要去层林尽染的山间远足,冬天要猫在家里用烤箱做各种甜品。我还是一个小男孩的妈妈,我要陪着孩子再过一次额外获赠的童年……时间被杂七杂八的事情挤满了,好像很忙,却又好像什么都没做。为了证明自己能够善始善终做好一件事,我发愿用三年时间写了二十六万字的长篇小说《秋水》,去年年底由作家出版社出版了。我觉得这本书写得很用心,每一种植物,每一个地方,都做过认真的考证和调研,每一个人物都经过细细揣摩和推敲。虽然这本书并未引起多大的反响,但许多读过的人都告诉我,他们是一口气看完的,为书中人流了一夜的眼泪,在书里或多或少看到了自己及身边人的影子。有个朋友说,她母亲在家里读这本书,居然忘记了烧饭,他们回家时冰锅冷灶,她母亲说:"你们叫外卖吧,我要看书。"这让我觉得在那些滴水成冰的日子,挥汗如雨的日子,在工作的间隙,在孩子睡着之后的半夜三更,敲下的每一个字都有了回报。

我不敢以作家自居,但写作的确已经成了生活中很重要的部分,与生计无关,更多的是精神和心灵的需求。我的家乡兴化出了很多著名作家,文学的氛围非常浓厚,周围亦有许多在文学之路上奔跑的同伴,我便不好意思懈怠了。虽然生活仍是五光十色的,会有这样或那样的事情吸引我的注意力,但人的精力是有限的,要致力做好一件事情,就必须放弃掉一些辎重，轻装上阵，才能走得更远。文学和生活并不对立，这些看似与文学无关的经历，总有一天会转化成为滋养文学的泥土。坚持文学的生活方式并不意味着枯燥乏味，也可以是充满光亮和色彩的。我相信只要拿捏好精力的分配，总能在文学和生活之间找到一个合适的平衡点。

陆秀荔，女，1981年生，江苏泰州人。曾在《小说界》《雨花》等刊发表小说及散文，著有长篇小说《秋水》。曾在《锺山》发表《散文三题》《蟹爪兰》等。

用爱为生命添加诗行

蒋志武

对,生命是有颜色的,五颜六色。

我们曾有抗拒的约会,曾有悲伤的距离,但最后我们都在一首诗歌里重逢。

我的诗歌献给爱,献给世界的每一个清晨。爱是文学最后的诡异,当今天谈到文学主张的时候,我内心里涌出了一股暖流,是的,是爱促使我去完成一首首诗歌的创作,是爱让我有了创作的新动机,新力量。

我始终无法忘怀,2009年8月,在一家社区的自助图书馆,我偶尔翻到了一本瑞典诗人特兰斯特罗默的诗选,从这本诗歌集中,我看到了最近一百年来地球最伟大、最复杂、最深重的灾难,也看到人们对爱情,对和平的向往。这些优秀的诗歌,积淀了人类心灵深处所承担的各种疼痛,各种人性的考验,但最后是诗歌给了人间的赞美和爱。于是,我马不停蹄地拿起纸和笔,开始描绘我的诗歌之路,我的精神堡垒;开始用爱去修复世界每一天的创伤。

爱是人性的最初的也是最终的体现与呈现的一种过程或形态。人类在人与人之间构建爱的圆圈，在人类与动植物之间建立爱的情感交流方式；爱是世界上最美妙的润滑剂，没有爱，这世界将是一潭死水，将是杀戮场，并将永久消亡。

因此，作为有着情感思维模式的人，懂得爱，学会爱，尊重爱，并且用爱的眼眸与爱的心灵去欣赏和体识周围的人和事，从而用一种感恩的心态来领受自己的生活，这是做人的基础，也是一个写作者从文从艺的基本功底。就像幼婴开始站立，孩童学习走路，是一种原初的准备，一次良好的开端，一个崭新阶段的正确实践。一个不具备爱，没有关怀、怜悯之心的写作者是写不出好作品的。没有爱，我们将一事无成，如果不懂得爱，缺失爱心，我们就不能找到自己真实的精神食粮，就找不到文学的方向和要领。是爱，让我们发现了更细小事物的能力。

没有爱，文学作品就没有感召力，没有了灵性。一个优秀的写作者，最终要面对的是读者，是这个纷争的社会，一切好的作品将为作者代言，并发出内心的声音。因此，我觉得一部小说，一篇散文，一首诗歌，如果不能唤起读者内心的爱心，不能给予心的震荡，产生正面的情绪，那么这个作品就是失败的。因此，我追求在诗歌中，在一连串迅速转换的意象中创造宁静深远，创造一种沉醉的多维度空间。有部分关注我诗歌的文友经常向我提问题,问为什么我的诗歌中,总带着死亡的气息,好像死过很多回。是的,在我的诗歌中,会出现较多灰暗的词语,譬如死亡、坠落、消失、困境等等,我使用这些词,并不是为了表现一种消极的状态,其实创作的本意是期待能够通过这些诗歌,给人精神慰藉,抵消现实生活中的烦困。但这也许是我的一厢情愿,不知能不能达到这种效果。

一篇好的文学作品,必定要追求情感的深厚和真挚,追求对爱的体验以及对爱的提升,并要超越爱。通过审视、逆向追问、评判,来修正人性的阴暗,来告诫丑恶,宣扬正义,宣扬美德和爱心。写作者只有建立起社会公德和爱的审判标准,作品才能走出灰暗,才能激励自己朝向更高的目标突进,写出大家齐声叫好的好作品。

写诗六年来,我得到了一个结论:唯有诗歌,才能厘清我与外界的关系;唯有诗歌,让我找到了生存的方向,领悟到为何要活得更加精彩的理由。水诞生于一次次的风暴,火诞生于一次次的高温,艺术诞生于一次次毁灭,而诗歌则诞生于黑夜中交配的黑白之光。我崇尚于行走,在行走中寻觅脚步的响声,寻觅风从我耳边刮过,寻觅尊严和优美,寻觅诗歌在爱的庇佑下再一次飞翔。

秋天就要过去了,城市中,灯光在高处闪耀,南京的街道玻璃般清晰。历史的阵痛却留给我们永恒的悲伤,是的,爱如果远去便是血腥。看看那颗灰色的树吧，在它固守的土地里，有根须抓紧了大地。

唯有爱，才能为生命添加诗行；唯有爱，才能让自己温暖；唯有爱，文学才走得更远。

蒋志武，男，湖南冷水江市人，80后青年诗人。有大量诗歌作品刊发于《诗刊》《人民文学》等多种刊物，其作品入选中国作协《2016年中国诗歌精选》等50多个诗歌选本。曾获2015年《鹿鸣》年度诗歌奖，第九届深圳青年文学奖等多种奖项，参加过第十六届全国散文诗笔会，江苏作协《锺山》第三届全国青年作家笔会，出版诗集《万物皆有秘密的背影》等三部。曾在本刊发表过诗作《楼顶褪色的旗子》等。

写作这条跑道上

郑小驴

乔治·奥威尔在《我为什么写作》一文中写道:"写一本书,就是一次可怕的、让人殚精竭虑的拼争,就像是经历了一场漫长的疾痛折磨。若不是受到他既无法理解也无法抗拒的魔鬼的驱使,一个人是断然承受不了这件事的。"我想每个立志于严肃文学写作的人,都会体验到奥威尔所言的含义。那是一种离开它,人生就此迷失的痛。有段时间,我极度厌倦写作。每天坐在书房,面对发光的电脑屏幕,陷入呆滞和虚空。眼前的文字不再带有我的体温、情感,它们不再忠贞于我。一旦失去这种情感维系,它们报复似的离得我更远。我甚至觉得写作在这个时代已失去意义。有意义的事情很多,"橘子不是唯一的水果",不单单是写作。

我有许多的爱好,摄影、骑行、户外运动、长途自驾等等。有那么一段时间,我做梦都想拥有一台单反相机。梦想实现后,我天天背着它上下班,连逛街都背着,搞得自己像个新闻记者。我也泡过一段时间的户外论坛,帐篷、睡袋、登山包、徒步鞋都一一备齐，幻想着来一趟长途徒步旅行。在我和文学若即若离的那段日子里，我干过太多让文学伤心的事情。没有什么比一本正经坐在那儿号称要写一篇小说更枯燥无味的事了。早在几年前，我就无数次宣称自己要写一部长篇。我这样做的原因，不过是想给自己一点压力和安分地坐在电脑前写作的理由。我甚至和人打了个不大不小的赌局。我本可稳操胜券，赢下这盘赌局。然而我任由时间一点点地从指尖流逝，在大好的时光面前，总是"王顾左右而言他"，找出各种不写作的借口。哪怕是有人邀请我这个球技奇烂无比的人去打斯诺克，我也会欣然前往。而对于自己曾经许下的愿望，要实现的诺言，完全付诸脑后。在某种意义上，我被奥威尔"我为什么写作"这个问题困扰了。

2014年我的工作发生了重大变化，离开待了四年的长沙，去了海南。之前我曾在长沙那家刊物干了四年。干到二十八岁，再也不想就这么荒废。尽管有一百种理由不用去海南，最后还是义无反顾地去了。海南之于我，不仅意味着地理位置上的偏远，还象征着精神深处的自我流放。车到海边的时候，我心里想，再退就是大海了。是的，再无退路了，这些年，从南昌、昆明、北京、长沙一路晃荡，而天涯海角，就在眼前。在这座陌生、繁芜、燥热的海岛上，写作和孤独的含义显得更为复杂。

海岛白天烈日灼人，太阳无情地炙烤着大地。只有傍晚时分，天才凉快起来。海风习习，风中夹带着海洋生物的气息，让人心旷神怡。每天傍晚，我就在这样舒适的环境里跑步。椰风海韵中，从最初的几公里就气喘吁吁，到十公里、二十公里、三十公里……一路跑着，跑步的乐趣和信心也一点点地增加着。我是一个缺乏自信心的人。唯有跑步，似乎能让自己寻回某种存在感。跑了一段时间，呼吸慢慢变得匀称，体力也渐渐充沛起来。春季和秋季，我沿着美舍河两岸跑，穿过繁花似锦的合欢树、硕果高悬的椰树林，坐在凉风中的陌生岛民目送一个汗淋淋的背影孤独地绕着河岸远去。有时我在海职院的操场跑。那里有塑胶跑道，跑累了就躺在草坪上，仰望风轻云淡的夜空，仿佛能听见海浪拍打港口的回音。我在操场有过刷七十圈的记录，直到被夜里看门的大爷轰出来。那段时间，我什么也不想干，我只想跑步。来自异乡的孤独让我对某些东西产生了深深的厌倦和怀疑。唯有跑步，才能抵消那些负面情绪。夏天的时候，我开始沿着南渡江的江堤跑，新埠岛码头的渔火在夜色中闪烁，让我想起2012年在西藏和云南交界的怒江边上的星空。那个夏天，我的iPod里一直循环着"逃跑计划"的《夜空中最亮的星》和安来宁的《这个夏天》。我憋着一股劲，一口气跑到入海口再折返，每晚都跑十六公里。跑步于我而言，此时已经不单单是体育锻炼，它更使我清楚自己处在怎样的状态。在这个孤岛上，跑步更像是一种人生的隐喻。世上棘手的事情很多，然而跑步的时候，我清楚对手只有我自己。写作也亦如此。

独孤难熬的时候，或者身体因为久坐而发出警报的时候，我就换上鞋子开始跑步。就像村上春树描述的，用跑步的方式将内心里的"毒素"逼出来。我跑着，有时会想些什么，有时什么也不想，只是机械地重复着步伐，蹬踏在岛上这片陌生的土地，迎面感受徐徐吹送的海风。

那段时间，我正焦头烂额地写《天鹅绒监狱》。早在2012年，我就开始关注米克洛什·哈拉兹蒂的文论《天鹅绒监狱》。当时这部书还没翻译到国内来。然而它如此契合中国当前的现状，我涌生用小说的文体来阐述它的冲动。2013年我在长沙开始动笔，然而这个中篇拖到2015年才完稿。那时我已完成了人生的首场马拉松——北京马拉松。四个半小时的长跑并没想象中那么困难，然而这部小说却成了我写作生涯中最为笨拙的一次书写。我手持长矛，试图寻找到理想的敌人。可是敌人并不存在，每张笑意盈盈的脸，都是你叫得出名字的朋友。我和他们并无差异，一起生活在这个"美丽的新世界"。写这部小说，等于给自己下了个圈套。长矛刺向的不是敌人，而是无尽的虚无，我自己成了被讨伐的对象。这个荒诞的结果让我倍感沮丧。我断断续续地写着。写得极其艰涩、乏味，我知道这部作品是迄今我写作道路上最大的一只拦路虎。写不动的时候，我就去跑步。从懊丧中把自己解救出来，跑成大汗淋漓精疲力尽的人。我明白，征服自己，方能讨伐别人，否则出师无名。写完最后一个字，我没有任何喜悦。然而我知道，平庸的毒素在书写的过程中，已得以释放。

于我而言，当众分享和推荐自己的作品，是一件很难为情的事。作家只存活在小说的创作之中。作品"出生"之日，便是作家"死亡"之时。所以完稿后，应该把作品交给读者，因为它和作家已经没有关系。可是我有读者吗？在这个喧嚣的时代，还有多少人愿意沉潜下来读一位青年作家的作品？何况这些作品既不轻松，也不幽默，更不能给他们人生指导。所以我宁愿当个悲观主义者，默默地在写作的道路上奔跑着。至少跑步是我喜欢的。对我而言，写作的快感，并不是文思泉涌之时，而是绞尽脑汁枯坐半日的崩溃状态下的峰回路转……所以每一次写作，都是一次陌生而艰辛的旅程；是马拉松跑到"撞墙"后，依然坚持下来得到的慰藉和满足。这让我畏惧又迷恋。我自然怀念最初写作时那种左右逢源时的快感，因为青春期有着太多强烈的叙述欲望，在周末的图书馆，也可以在稿纸上写上一个中篇。它们杂乱、潦草、野蛮生长，却充满忧伤的暗物质。然而这种时光毕竟短暂，一旦越过文字本身，很快会体验到它背后沉甸甸的压力。我想起一句话，在时间面前，很多东西都是靠不住的。靠不住的还有我们写作的才华和耐心。可这就是我选择的道路，也是我最珍爱的东西，我会全力以赴，即使是千里赴死。

郑小驴，男，1986年生，本名郑朋，湖南隆回人。作品被多家选刊选载，入选多种年度权威选本，著有《蚁王》等多部小说集、长篇小说《西洲曲》、随笔集《你知道的太多了》，曾获"紫金·人民文学之星"等多种奖项。现居海口，供职于某杂志社。

我写历史小说，是想打开自由精神的空间

雷杰龙

感谢《锺山》，因为小说，让我第一次来到南京，在两天两夜里置身明孝陵和中山陵的山川大地之间，幸福奇妙地呼吸到了历史和当下交织在一起的空气。

我写历史小说，是对精神自由的热爱。我的少年时代是在二十世纪八十年代理想主义和思想解放的历史大潮中度过的。历史的变迁，迅速将我置身于二十世纪九十年代初的现实功利语境。1992年我离开云南，到兰州上大学。和那时许多热爱精神自由的青年一样，我感受到了强烈的苦闷，必须寻找一个自我的精神空间来安慰灵魂。和那时的许多"文艺青年"一样，我开始写小说。但在那个时期兴起并延续到现在的"新写实"小说浪潮里，很长时间内，我只是在进行阅读和写作训练，没能写出像样的小说。直到近年，我才逐渐找到自己的写作路径，进行历史小说创作。

在历史小说写作中，我能充分创造属于自己的自由。正如法国作家尤瑟纳尔坦承，创作现实题材或神话是她的死

胡同(见《玛格丽特·尤瑟纳尔作品中的小说、历史和神话》)。我也面对类似的写作困境,既缺乏写作现实题材的才华,又不愿忍受现实题材创作中令人缩手缩脚的各种"避忌",而历史小说写作却能让自己对当下的现实生活保持一种疏离感,获得徜徉于历史探寻和小说想象的极大自由,获得写作的乐趣。

作为一种古老的小说类型,历史小说写作有它的基本法则,那就是基于历史真实的"历史性"和小说想象的"小说性"。对此,作为一名历史小说写作者,我不可能有什么突破,相反,我只是以小说的方式,谦卑地加入了历史叙述者的古老行列。可作为一名小说写作者,我又不可能太保守,总想对历史和小说有所"冒犯"。因为只有适度的冒犯,才可能获得自己真正有价值的写作空间。

这种冒犯的冲动,还来自这些年来对西方现代历史小说的阅读。在阅读中,常常惊叹这些历史小说家的想象力、思想力、学术素养和文学素养,他们不仅有对社会、政治、经济的犀利观察,更有对宗教、哲学、艺术、人性、灵魂的深刻审视。这也让我不断反思自己究竟想写什么样的历史小说,追求什么样的小说精神。

近些年,我写过一些历史小说,成绩不大,但都努力在其中坚持纯粹小说的精神。在我的短篇小说《江山》(《江南》杂志2013年第6期)里,公元1689年康熙大帝第二次巡游江南，于扬州平山堂行宫召见了僧人画家石涛，石涛当场作画《海晏河清图》献给康熙，并在当夜作诗两首颂扬康熙大帝（这都是有历史记载的所谓"史实"）。但在我的小说里，石涛心里装的江山和康熙心里装的江山很不一样，一种是艺术家和僧人心里的江山，一种是政治家心里的江山，于是在扬州平山堂的一间密室里，两种江山借两人之口进行了一次激烈的交锋、对峙。在我的中篇小说《临梵》（《鍾山》杂志2016 年第 3 期）里，出自十世纪后期云南一位名叫张胜温的画家之手的长卷梵像画，在岁月长河里四处流落，曾经流落到南京，又在公元 1767 年流落进清宫乾隆皇帝之手。乾隆皇帝这位热爱艺术的蹩脚艺术家喜爱这卷古画，于是命令宫廷画家丁观鹏临摹那卷古画。这些都是历史记载的部分，但我在历史文献的梳理中感受触摸到了文字没有记载的部分。作为一个写小说的人，我认为那才是真正幽微、重要的部分。在那个部分里，乾隆心生妄念，觉得自己就是那幅长卷中的大理国利贞皇帝。为此他命丁观鹏临摹长卷梵像画时，把大理国利贞皇帝的面容篡改成他的面容。而丁观鹏却窥破了他的心机，那就是在他篡改临摹完成那卷梵像画后，为了坐实自己就是八百年前的大理国利贞皇帝转世之身，成就自己"转轮圣王"的美誉，乾隆帝就会毁灭真迹原本。而无论是作为一位画家，还是作为一位虔诚的佛教徒，丁观鹏都没法做那种荒唐残酷的事情。他既不能忤逆乾隆皇帝，又必须设法保存那幅长卷真迹，为此他心中经历了炼狱般的抵抗和挣扎。在中篇小说《斗鸡》(《人民文学》2016年第4期)中，我改写了唐人陈鸿不到两千字的小说《东城老父传》，以宫廷斗鸡人贾昌的眼光为活跃于开元、天宝时期的二十多位历史名人描绘了一幅幅速写画，为传说中的盛唐时代打开一扇以小人物的角度窥探打量世道人心的窗口。

我写历史小说，就是想用小说打开一扇扇窗口，在窗口里，有一个个纯粹小说艺术的空间，可以进入，让精神情感在其中自由玩赏、叹息、叫喊、思索、徜徉。尤瑟纳尔坚信，历史是一所"获得自由的学堂"，而历史小说，只不过是把这一所所学堂，装进一个个名叫小说的艺术空间。在这个空间，小说家秉承尊重历史的法则，但却不是历史的奴仆，因为他们心中有大爱、有光芒、有自由灵魂的尊贵。有了这些，装进小说里的历史，就是另一种历史，属于人类自由灵魂的历史。

而在广阔深邃的人类灵魂自由的历史里，我不能妄想自己能为读者做些什么，只能努力激励自己，用小说，打开更多属于自己的窗口，即使不能照亮什么，最低限度也要能让自己的灵魂，在其中得以自由呼吸。

雷杰龙，男，1973年生，云南大理祥云人，毕业于兰州大学中文系，发表小说、散文、诗歌、评论等文学作品百余万字，现居昆明，供职于某杂志社。曾在《锺山》发表小说《临梵》。

写作和庞大的社会现实

王小王

我对《锺山》是有着特殊的感情的。虽然以前也发表了几个东西,但是我的第一篇作品,具有小说意识之后写作的一个短篇《第四个苹果》是贾梦玮老师从投稿中选中刊发的。这个小说能得到《锺山》这样一本我仰慕的老牌文学期刊的认可,给了我极大的鼓励,我从此坚定了写下去的决心。后来这个小说还被洪治纲老师选入了当年的短篇小说年选。所以我是将《锺山》视为我创作之路的起点的,我的第一本小说集选择以《第四个苹果》命名,也是想以此纪念这个新的开始。

我的创作数量少得可怜,这几年基本上每年只写一两个,除了因为工作太忙,缺少时间,更主要的原因是在于自己内心的困惑。不是说没有素材,没什么可写的,也不是不想写,而是对自己的创作产生了极大的不满足感。我从前的一些小说更多来源于个人的内心困惑,文学固然是内省的过程,但每天面对如此庞大、复杂、变幻莫测的社会现实,我越来越感到自己急于"外省""他省""众省"的内心焦灼。各种各样的人生在眼前展现，小说的步伐远远落后于时代，创作的能量无法企及现实的能量，而这个时代正等着有与之相匹配的文学表达。今年是中山先生诞辰一百周年，伟大的政治家致力于通过自己的奋斗与努力让世界趋于他心中的那个美好样式。而作家跟政治家某种程度上是一样的，是有着最大的野心的，那是改变世界、改变人心的野心。实际上，也确实有很多伟大作品对无数的灵魂产生过雕塑之功，世界发展到今天，文学绝不是一个跟从者，而是重要的推动者。但我感觉我自己的和我身边的文学缺少这样的参与能力，我们的写作太内向了，太回归自我了，缺乏胸怀和担当。我们为自己写作，我们也应该为人民写作，为时代写作。

最近读了一些心理学和社会学的书，不同视域下的人性与社会形态给了我巨大的震撼和启迪，我们当代文学没有完成、没有实现的一些追求，在其他研究领域却有另一角度的突破。寻找自己的写作进入庞大的社会现实，进入时代的那道大门，必然是艰难的过程，一种虚妄的责任感在内心淤积，我在等待它变成磅礴的力量，推动我的创作走向更宽广深远之地。也许我只向前了一小步，甚至可能原地不动，但我做好了苦旅的准备。

王小王，女，1979年生，现居北京。有小说、诗歌、文学评论等发表于《人民文学》等刊，作品入选各类选刊及年度选本，小说集《第四个苹果》入选"21世纪文学之星"丛书，获华语青年作家奖小说主奖、《人民文学》年度短篇小说奖、吉林文学奖等。曾在《锺山》发表《第四个苹果》等作品。

文学：我的主张

第四届（2017）《锺山》全国青年作家笔会

不能把自己清洗一遍的小说不值得写

王苏辛

年少时，曾和几个朋友组成反对主流审美的小团体，从装束到性格都尽量驱逐自己的性别特征。过了一年，只有少数本身就是此类性格的几个"坚持"下来。最终解散的契机是：团体里最年长的一个女孩要去读很多人都认为"很烂"的学校。只有一个人不反对。结果演变成其他几个人一起反对她。"'很烂'是怎么判断出来的呢？"她说，"因为主流审美如此认为吗？还是我们自己成为了某种'主流审美'？"面对"我的主张"这个主题，我突然想到这件事。人们往往会在选择时不自觉地属于"同辈压力"，而认同一致性，在追求不同的过程中变得大家都一样——"主流审美"就是这样形成的。比如自己直到现在仍反对着某种"主流审美"，但如果我反对的仍是不真正可能伤害到我的东西，那我的反对没有意义。但如果那是可能伤害到我的，我还会反对吗？自己本身就在某种"主流审美"之中。能够剔除那些好的留下不好的吗？不可能。"好"的代价和"好"同样重要。

回到小说写作上，有些聪明的年轻作家自觉研习着自己的写作标签，研习着怎样一种写作更容易便捷地抵达更高的完成度。有时候总能看到一些漂亮的小说：语言很有辨识度，叙述流畅又饱满——这甚至在一定程度上在构筑着某种"主流审美"。但是读下来又时常感觉到，许多作者根本没有付出那份必要的艰辛，他整个小说可能都绕过了那个最难的问题。这问题不是单纯的小说技艺，却是决定一个小说认识程度的关键所在——如何在变化的生活中置放不断变化的自己，如何让小说的每层变化都有准确的来处，如何让这一层层变化构成这个高低不平的世界？

如果这些问题无法解决，写作就变成一场技术锻炼和技术实验，无法上升成作者本人的修为。但如果要走一条真正的精神之路——我把它命名为"把自己清洗一遍的写作"，作者又必须面对更严酷的问题。既然他的每一次写作将是对人的精神的探索，那么从这一刻开始（除非准备好制造一个个虚假的分身），否则他永远无法再用任何技术掩盖自己认识程度的不足，他只有不断直视问题的核心，才可能往前走上一小步。只有不断坚持直接和问题交锋，才可能拥有一个属于自己的写作视野和领地。

但如果没有这样一个过程，写作的幸福又在哪里？如果认识程度只是停留在熟练和套路上，那终日的写作（劳作）岂不是毫无意义？如果真的有"主流审美"，那么"不写不能把自己清洗一遍的小说",就是我心中的"主流审美"。

我很喜欢库切在《夏日》中写的话:"他下决心要阻止自己生活中每一个活动场所的残酷和暴力冲动——也许我得说,这也包括他的爱情生活——并将这种思路引入自己的作品中,结果就是他的写作成了某种无休无止的净化过程。"

如果让我来说,我希望把结尾的"无休无止的净化过程"改成"一个不停的净化过程"。只有经过一次次净化,才可能接近真实的自我,而真实自我的程度就是一个人写作本身的程度。我不相信一个虚假、聪明和不断掩饰自己的文本能具有怎样高的价值,但我始终敬佩那些看似笨拙的作家们,他们"笨拙"到从不试图滥用技术的权限,而是把对世界真实的感受,以层层递进的方式,灌注在自己的作品之中。甚至可以说,只有这样,现代小说所强调的密度才真的得以成立。

西塞罗曾经说:"苏格拉底第一个把哲学从天上呼唤下来,把它放在城邦,引进家庭,用它省察生活和道德、好与坏。"对我来说,这也是一个作家,一个书写把自己清洗一遍的作品的作家应该终生努力的事——将感受到的一切关于人的奥义、一切情感的来源,沉淀成具象的文本,给它们更多流传的可能,这些"可能"是对人世的安慰。就像乔伊斯在《死者》中所做的那样,像"雪花"一样,"穿过宇宙轻轻地落下,落到所有生者和死者身上"。我相信,朝着这个方向去写作的人,或许始终不能真的站在自己的堂吉诃德面前,但所有这些向上的努力,将像福楼拜在《纯朴的心》中写到的——即将死去的女仆(圣徒)"恍惚在敞开的天幕里,看到一只巨大的鹦鹉,在她的头顶翱翔"。

王苏辛,女,1991年生,河南人,曾用笔名普鲁士蓝。2009年起发表中短篇小说数十万字,被多家选刊转载,已出版小说集《白夜照相馆》《他们不是虹城人》,获第三届"紫金·人民文学之星"等奖项。现居上海,任某出版社编辑。

造梦的人

毕　亮

在深圳生活多年，有一段时间，我喜欢漫无目的地搭乘地铁，或在城中村无所事事地游荡，看那些朝气蓬勃的面孔、沮丧和失意的面孔、期盼与茫然的面孔……这些行色匆匆地走在路上为生活奔波的人们，夜深人静，时间静止下来时，他们的灵魂该安放何处？我想，这座以速度著称的城市需要文学。

最近六年，我的生活发生明显变化，我成了两个孩子的父亲。我爱跟孩子们待一起，给他们讲绘本、编离奇的故事。我也不后悔沉湎于日常生活"虚度"光阴。对一个写小说的人来讲，日常生活能成就他的作品，但更多的，我想应该是巨大的消耗，日复一日一成不变的日子会把人变成推石头上山的西西弗斯。我不是西西弗斯，却是一个寒夜里举着火把的夜行人，走在黢黑的路上，总在等待黎明到来，等待那一线灼目的曙光。我想，陷入世俗生活的我也需要文学。

忘了是从哪一天开始，拘谨、不安的我与现实世界的关系不再那么紧张,似乎我与所处的世界达成了和解。我没去深究变化的时间节点,也许是某次回湖南老家见到守望在家年迈的父亲母亲,他们鬓角越来越多白发的那一刻;也许是陪伴孩子成长,想把世界更好的物质生活献给他们的那一刻……内心深处,我依然渴望做一个天真的人。有时乘地铁,我会把阅读过的小说故意遗留在车厢,希望更多忙碌的人得到文学的滋养和慰藉。更多的时候我会想起十多年前沉迷于写小说的日子,我把自己当成文学的圣徒,下了班去超市买两只冷馒头,填饱肚子后便坐到电脑桌前,写温暖的故事、写绝望的故事、写温暖与绝望交融参半的故事……那个"我"是莽林里的野兽,看不清来路,看不到去处,充满了未知和可能性。

说起来,我更欣赏那时的"我",像一个造梦的人,对现实世界不满意,想搭建一个自己眼中的理想世界,便开启了书写之路。写小说时我更愿意把自己当作侦探,去发现人物细微变化的表情,留在桌面指尖的纹理、水杯上的唇印,探索晦暗不明的空间和旁斜逸出的枝节。有一天,我突然想写一个人感受到的"文学的深圳",写在深圳的不安、困惑、焦虑、希望和绝望……这些"情绪"因深圳这座表皮光鲜改革开放的前沿城市而放大。但夜深人静时面对"深圳",我却无从下手。幸好,我遇到了德国画家霍尔班,他帮我找到了叙述的切口、角度。《使节》是霍尔班的传世之作,在这幅充满暗示的画中，霍尔班以变形的手法隐藏了一枚骷髅，正面看不出是何物，只有从左侧斜下方或右上方以贴近画面的角度才能辨认它的原形。这幅画符合我对短篇小说艺术的理解：结构于简单之中透着复杂，语言暧昧、多解、指向不明，人物关系若即若离，充满紧张感和神经质式的爆发力。

作为一个造梦者，我有我的偏爱，我想做一名"在场"的作家，以文学、以小说的方式呈现变革时代、社会转型期个体的精神困境，选择与放弃，得意与失意；以小说文本让后来者记住，我生活的城市——深圳，曾经有一批墙角下的生命，他们的抗争与抉择，他们的动荡与心安，他们的希望与绝望……这是我理解的文学对个体、对生命的尊重。

这些年我一直想写出生活的微苦，同时写出生活的清甜，却时时感到沮丧和挫败，我清楚我的界限，它就像一瓢冷水，随时可能浇灭我夜行路上的火把。而我能做的也只能是写好这一个，再继续下一个。似乎这就是我的宿命。大概这也是每个写作者的宿命。

毕亮，男，1981年生，湖南安乡人，已发表中短篇小说六十余万字，出版短篇小说集《在深圳》《地图上的城市》等。现居深圳。曾在《锺山》发表《金鱼》《不可告人》等多篇短篇小说。

我为什么写作

向 迅

这是一个老生常谈的话题。我从未想过自己有朝一日竟会以写作为业。在漫长的童年时期，我的梦想是当一名合作社的同志，往胸前的口袋里别一支闪闪发光的钢笔，整天站在混合着糖果味和煤油味的柜台后边，慢条斯理地做着生意。后来，我想当一名人民教师，站在三尺讲台上教书育人。但是我的梦想被一个突然事件改变了。那是十五年前，我读高二，父亲意外受伤，家庭的经济状况陷入困境。我觉得应该做点什么。那个时候，很多课外读物上都刊登有奖金十分可观的征文启事。于是，我试图通过写作的方式帮助家里缓解燃眉之急。在那一年多的时间里，我像一个投机分子，在稿纸上一笔一划地誊写下许多很幼稚的作文，四处投稿。结果显而易见，我并没有如终日期待的那样获一个大奖。但是，一个很偶然的机会，我的一个"豆腐块"在一家中文核心期刊上发表了。这是我的文字第一次见诸报端。我的自信心爆棚：原来我还可以干这个。也就是从拿到样刊的那一刻开始，一个懵懵懂懂的愿望就在我的心里扎根了。

可以说，我之所以会走上写作这条"不归路"，与父亲有关。有意思的是，我最开始在文章里书写的对象，就是我的父亲。这些年，我写下了许多关于父亲的文字。我自认为已经十分了解父亲了，但是另外一个比十五年前更为严峻的事件的发生，让我吃惊地发现：我其实对父亲一无所知。对我而言，他只是一个最熟悉的陌生人。2015年秋天，父亲被检查出患有肺癌，晚期。在陪他治疗的过程中，我才发现我们之间的隔阂有多深。于是，我计划写一个长篇非虚构作品，试图在作品中与父亲对话，让一个真实的中国父亲的形象跃然纸上。而对于如何书写父亲，前辈作家做出了很好的表率。波兰作家布鲁诺·舒尔茨几乎是写父亲的专业户。在那些经典的文学作品中，"父亲"这个文学形象无处不在，而且作家们在"父亲"身上寄托了许多东西。如曹雪芹《红楼梦》中的贾政，马尔克斯《百年孤独》中的何塞·阿尔卡蒂奥·布恩迪亚，吉马朗埃斯·罗萨《河的第三条岸》中的"父亲"，陈忠实《白鹿原》中的白嘉轩，余华《活着》中的徐福贵。他们都把这些具有父亲身份的文学形象塑造得特别成功。但是这些父亲都是属于过去的时代。在我的阅读视野中，我还没有读到一个生活于当下的血肉丰满的父亲形象。我试图在这方面做一些努力。

而我之所以在父亲身上倾注那么多笔墨，还有一个十分重要的原因，即我的父亲只是一个名不见经传的小人物，只是无数个平凡无奇的父亲中的一个，如果我不记录下他的一生，他很快就会被人们忘却。在我的故乡，我们这一支向氏有一个很奇怪的传统，即不兴给故人立碑。也就是说，一个人逝去后，除了他的亲人，无人知晓他的生平。若干年后，他的子孙后代也会对他这个曾经在这个世界上真实存在的人语焉不详。所谓"细数三代以上，不知所云"。这种数典忘祖的现象在乡村特别普遍。也就是在写父亲的过程中，我把目光投注到了生活在那块巴掌大的土地上的人们。我觉得我有责任书写他们。就像陈集益在一个创作谈中所说："我只是负责记录我的那一部分。"是的，像巴尔扎克、托尔斯泰这样的能创作出百科全书式的天才作家少之又少，在这个难以把握时代整体风貌的大时代，我们能够做的，就是记录下生活于那块巴掌大的土地上的人们的故事。往小处说，是为他们代言，记录他们的生平。往大处说，是试图用文字为他们如草芥般轻贱却又像磐石一样坚韧无比的生命树碑立传。

当然，我为什么写作的原因，也不止于此。若干年前，我采访过一位作家。他说他写作的初衷是为了对抗对死亡的恐惧。我当时因为年轻气盛，对此颇不以为然。现在，当我经历了一些事情，尤其是在父亲去世后，我越发觉得人的虚无，似乎做任何事情都没有意义。从这个意义上说，写作对我而言，确实具有了某种救赎意味和救赎功能。换言之，我最开始的写作是一种不自觉的行为，或者说是一种功利主义者的投机行为，但是随着写作的深入和阅历的丰富，它变成了一种自觉的行为，而且变成了我生活和生命中不可或缺的一部分。具体到写作，我试图造一面独属于自己的镜子，一面有记忆功能的镜子，让一部分生活和一部分人的命运在这块镜子中得以清晰呈现。同时，它也应该和哈哈镜一样，具有变形能力，具有陌生化效果，能够呈现出生活的荒诞和命运的不可捉摸。我深知要造这样一面镜子并非轻而易举之事。因为很多时候，我一下笔，就陷入了一种思维怪圈，难以摆脱在过去若干年里形成的一种写作习惯——我将其称之为习惯性写作常规。那么接下来，我要做的就是努力推翻以前的那个自己，摆脱他的影响和控制，往开阔地带走去，写更开阔的人生、更开阔的作品。

向迅，男，1984年生，湖北建始人，土家族。在《人民文学》等刊物发表文学作品一百余万字，已出版散文集《谁还能衣锦还乡》《斯卡布罗集市》《寄居者笔记》等四部，曾获林语堂散文奖等多种奖项。现居南京，任某杂志社编辑。

文学的个性与担当

庄　凌

看到"文学：我的主张"这个主题时，我的脑海迅速闪过文学史上的一些名词，而面对这个面目全非的世界，我迷茫，文学也迷茫。时代快速、文化多元，"90后"从一开始成长就是有个性的一代。各大网络平台及自媒体盛行，每个人都能更好地展示自己的个性，但"我的主张、我的声音、我的色彩"，又常常被疯狂的时代淹没，被碎片化的纷杂的生活消亡。芸芸众生里，一个人是如此微不足道，但我又常常梦想，让更多人听到文学的声音。作为一个写作者，文学是一位灵魂伴侣，也是一根思想的稻草，我无法说什么主张，但认为文学所要面对和体现的，仍然离不开时代元素，离不开生存命题，文学不但要有个性更要有担当。

今天的写作，大多数人是依赖于自身经验，依赖于互联网带给我们的便利，而往往忽略了真实的生活体验。据我所了解，大多数"90后"写作者更推崇自己的个性写作，与"60后""70后""80后"们的写作形成区别，我们更愿意去表现自我的意识与感觉，似乎就成了"90后"的特色，更有一些写作者把眼光瞄准市场价值，模仿、借鉴甚至抄袭，打造IP写作模式。我有一位写玄幻小说的朋友，有一次我们谈起彼此的写作经验，他说自己的写作除了来自天马行空的想象，还有对金庸、古龙等武侠小说及好莱坞大片的模仿与借鉴，他说这样的小说在写作上没有太大难度，而且有很大的市场，何乐而不为呢？而我却暗暗地忧伤，不是说这样的作品不能写，但我认为文学应该饱含更多的深情与价值。

不可否认这是一个最好的时代，政治、经济、文化繁荣发展，更有利于释放自己的个性与实现自我价值。我们的衣食住行都发生了翻天覆地的变化，我们的思想观念也在进步，但很多社会现实堪忧也是不可回避的话题。走在人来人往的大街上，到处都是密如春笋的高楼大厦、行色匆匆的人群，面对灰蒙蒙的天空、有毒的河流、欲望滚滚的红尘、凋敝的村庄、复杂矛盾的人性……让人迷茫又心痛。生活中已找不到童话，时常感觉自己是一棵卑微的植物，没有根系，连回家的路也找不到。这些真实存在的感伤与疼痛总能触动我们的心灵，作为一个写作者也有责任来关注与反思这样的现实世界。

文学该去表现什么？我想绝不只是空洞的梦呓与天马行空的臆想，文学需要面对现实，而现实也绝不是少数人的现实，住别墅的人只是少数，更多的我们对飞升的房价只能趴在地上仰望；腐败官员藏在密室的钞票，是一个大学毕业生辛辛苦苦工作一万年也挣不到的；那些流浪的乞讨者，那些沾满泥巴的农民工，那些匆忙疲惫的小商小贩，他们都是我的亲人，我为这些卑微的人事感到悲伤。如果文学不能去表现这样真实的生活，也就失去了存在的根源，"90后"的个性不应该只架空在自我娱乐与炫酷中，我们也要承担起对社会对时代的责任，而我们的文学也应该在自我与时代的交融中开花。虽然我们有别于"60后""70后""80后"们对时代变革的体验与认知，但今天的生活依旧是我们文学的土壤，当今社会发展所带来的一系列问题是不容忽视的现实，我们所描绘的生命、生存、人生、人性等命题就不可能超脱这些现实。因此我认为"90后"文学在表现自我的同时，仍要在现实的土地上打井，挖掘真实生活内部的水源，关注现实命题与时代元素，用我们的文学作品建造与读者、与这个世界的桥梁，以期在文学中认知与反思现实。

我还想谈一点文学的审美。好的作品，除了要对题材挖掘创造，也离不开作家的技艺。一部好的作品必定给人以内容与形式的双重美感，但纯粹玩技术的作品是空洞无味的；好的文学作品必然能感染读者，带给读者感动与思考。我们要问一问自己的内心，这样的作品是否让你心动，是否让你的灵魂颤抖。除了审美也要审丑，黑白、善恶、美丑都是客观存在的，即对文学作品不能一味赞扬，也需要批判的声音，才能使创作者对现实有更深层次的认知。希望我们的文字能让变脏的灵魂回到蓝天白云、回到山清水秀，回到温暖良善。

我写诗，是一场修行，也是我与这个世界互相认知与修正的过程，是心灵与世界的对话，诗歌代替我表达，代替我发声，或许文学并没有如此大的力量来改变世界，但至少改变了一些人对世界的态度。

  庄凌，女，1991年生，山东日照人，在《人民文学》等刊发表多组诗歌，参加诗刊社第33届青春诗会，获2016《扬子江诗刊》年度青年诗人奖等，出版有诗集《本色》。曾在《锺山》发表组诗《我的年轻追上苍老的时光》。

最大的主张，是总有事物先于我的主张

陈志炜

我的写作非常风格化。从某种意义上说，是一种类型化的写作。在别人看来，我应该是一个很有"文学主张"的人——越是风格化的作者，越有排他性，便越有所谓的"文学主张"。其实不然。对我来说，最大的文学母题便是反对自己。反对自己的生活，反对自己的性格，反对自己某一阶段的文学观念。在生活中，我是一个失败者，至少我自己的感觉是如此。我竭力融入我的学习，融入我的工作，融入我的爱情，我不断修正自己，却总是感到隔膜。我无法真正认同我的生活，无法真正认同我自己，我总是游离在自己之外。所以我选择写作，也是为了讽刺自己，贬低自己，与自己敌对。怎样才是最好的状态？我一直都没有想明白，更不用说抵达那个状态。我喜欢那些抨击我的人，无论是生活中的，抑或是文学意义上的抨击，我认为自己与他们同道而行（我甚至想问，一个人如果不反对自己，那他又为何写作呢）。

"文学主张"，尤其是具体的"文学主张"，是一种"拒

绝"。它表面上像是在说"我有这个""我有那个""我认同这一部分""我喜欢那些东西",其实潜台词是,"我不要这个""我拒绝那个"。但是,我真的了解"我"吗?我如何知道那些东西不属于自己?(这也正是我反对自己的原因:以求发现更深层、更广阔的自己。)要我讲一些具体的"文学主张",当然非常简单,但是于别人毫无意义。尤其是脱离了具体文本的谈论,就更显乏力。它们最好仅在我写作时,作为我私人的参考。少谈,别在公开场合谈,最好完全不谈。谈论这些不如直接阅读作品。我更愿意相信作品所呈现出的带有生命张力的"刹那",它一定比我谈的"主张"更真实。这像是让人分享自己某一阶段的择偶标准。然而大家心里都清楚,一个人的择偶标准对另外一个人来说,往往是无效的;何况真正的恋爱,从来都不会按择偶标准行事。任何一场恋爱都比择偶标准更真实。

我的微信朋友圈里几乎不会转发自己的作品,几乎不会转发任何与我有关的出刊信息,我也很痛恨自己的作品被发到网上。我心里一定会对编发我稿件的编辑老师们表示感谢,但是,写作与发表之间总是存在时差,当作品发表的时候,我已经离开了那个作品,我已经不再认同它了,我与它之间存在着罅隙,自然不会转发它以表示自己与它亲密无间。痛恨自己的作品被发到网上,也是同样的道理。我喜欢无数遍地修改自己的小说,甚至到了病态的程度。而作品一旦被发到了网上，它就只剩一个版本，一个已经被我舍弃的版本。在无限复制之中，网络是繁芜而单一的，且没有时间性。那个版本会统摄着我，让我无法再去修订。而发表在纸上的作品则好得多，刊物发表时可以是一个版本，出版成书可以是另一个版本，图书再版又可以再修改。而且，任何一个版本的印量都是有限的，恰好能代表我在有限的时间中，一些暂时性的想法。我最喜欢的状态，还是在见朋友之前，先把小说修改一遍，把最新的版本打印成小册子送给他们。这样，至少在送出去的时刻，这篇作品是最接近于"我"的。"见面时送出的版本"最接近暂时性的真实。

真正的写作应该是晚于事物的，而"主张"又晚于写作。若承认"主张"先于"写作"，甚至先于你的写作对象先于事物，那么相当于变相承认自己是一个不会改变，也不会被改变的作者。一个年轻作者应该是会改变的，是可以被改变的，且改变后的他依旧是他。或者说，任何一个作者都是会改变的，都是可以被改变的。当他主动将自己凝固成一种主张时，他就已经失去了作者的身份，已经不是真正的作者。真正的作者不会去强行占有什么，他理应活在世界纷呈的流动之中。

我希望不断有事物来改变我，让我可以一次次地"奋身一跃"，一次次地进入文学的现场，进入生活的现场，跃入小说的生长性中，在写作的过程里重塑我的观念与态度。我甚至很想成为一位"非虚构"的作者，像杜鲁门·卡波特一样，突然写出一部《冷血》。我想成为从战争前线赶回来的报信人，身体各处已被弹片擦伤，衣衫褴褛，千疮百孔，带回来的却是最新鲜的消息。新鲜得像一枚凌空飞行的子弹。一个被"事物之美"击穿的人，如何能要求他把话讲得清晰，甚至精致呢？为何要询问他关于表述的主张呢？这太难为他了。当然，写作确实应在这之间保持一种平衡，这是写作之难，关乎体面。

——表述的艺术固然是一种体面，但在其背后还有更大的尊严，这尊严大过一切暂时性的体面。

陈志炜，男，1989年生，浙江宁波人。小说作品见于《芙蓉》等刊，2015年参与南京四方当代美术馆地形学项目之"麒麟铺"，展出跨文本作品《X动力飞船》。现居北京，从事出版工作。曾在《锺山》发表《水果与他乡》等多篇小说。

重建一种文学的问题意识

林 森

在我们这个会议前不久,有一个挺揪心的信息,就是青年作家胡迁的自缢身亡。这个消息出来之后,毫无例外,很多人又开始了一轮"造神式"的怀念——这是一个极其坏的风气,那就是,当每次有诗人或者作家自杀,无论是自杀者的旧相识还是媒体,都开始美化、神化死者。我之所以说这种风气极其坏,是因为我觉得这种美化、神化,遮蔽了真正发生在这位死者身上的问题,也让很多定力不强、本身也在摇摆的作家产生一个错觉,那就是:只要我去死,我也能成为谁谁谁。每个人的非正常死亡,当然都是让我们悲伤的事,但过度美化,甚至为了卖书故意炒作,就把错综复杂的事件,完全简化成了所谓"理想和现实的冲突",那些附着在这件事上面的作者自身的问题、周边环境的问题就被我们全部忽视了。

这些美化里有一个逻辑,那就是这个自杀的个体是完美的,围绕在他周边的环境,则是千疮百孔的。造成这个印象的原因，在于我们把时间过多地关注到我们自己身上，而忽视了这个时代、这个世界发生了什么。我们中国的文学，在很多年里，都在追求一种对人的挖掘、书写，以摆脱那种特殊年代，政治对文学的过度干预和束缚。但现在我们面对的情况则是，大多作家那种自恋式的自我关注，使得他们眼中只有自己，自己永远处于聚焦的中心，而整个世界的复杂性被轻易地放过了。我在这里不是说文学不能展示自我，恰恰相反，文学最核心的当然是对人的关注；我想说的是，人与社会是没法抽离的，因此观察、书写人，那种纠缠在人身上的社会性，当然得成为我们思考的对象。鲁滨逊在孤岛上一个人，但他的眼光，则带着人类文明世界的所有筛选，孤岛的背后是整个世界。

现在太多年轻作家很喜欢那种书写情绪的文字，通篇文字下来，只有情绪的流淌，看不到人，看不到这些情绪冒涌出来的社会背景和根本原因。这种架空世界造成了我们跟当前世界的巨大割裂。中国的网络文学已经有那么大的读者基础，甚至成为"文化输出"的排头兵，很多国外的网友，自动加入了免费翻译中国网络文学的队伍。可即便是在这种情况下，为什么在很多作家眼中，网络文学依然不具有所谓的文学性？这仅仅是一种纯文学的傲慢与偏见吗？我想，更大的原因，可能还在于网络文学基本上都发生在一个架空的社会中，在那里，所有的人物都只是故事的道具，所有的故事发生，只是为了宣泄某种"爽"的情绪，缺少了对这个社会的观察和思考。同为通俗文学，金庸的武侠小说，基本上完成了经典化的过程，为什么？类似《笑傲江湖》和《侠客行》，基本上也是一个架空的背景啊。可我们要清楚的是，在这架空的背景里，金庸完成了对很多现实问题的介入和思考。《笑傲江湖》中，个体自由与政治环境的摩擦、权力对人性的异化等等问题，仍然是我们当下的难以摆脱的挣扎；《侠客行》里没有名字的主人公，一辈子都在追索"我是谁"的哲学命题，并以一个文盲的身份完成了对所有识字者的超越，带着某种对文化的巨大嘲讽。这些其实都是金庸在讲好故事背后的思考与对时代的关注。

因此我想说的是，即使完全是对自我内心情绪的书写，也不能缺乏对这个时代的思考，也不能少了一种对现实关注的问题意识——只有有根的情绪流动，才是值得阅读者相信的。大家都知道，中共十九大的报告里，习近平总书记对这个时代作出了新的判断，那就是中国特色社会主义进入了新时代，我国面临着新的主要矛盾。很多年里，我们的作家都对这个时代感到茫然失措，没法把握，所以干脆退回了个人内心的真空世界，开始喃喃自语。当一个政治家交出他的观察和思考的时候，我们作家里面又有多少人开始正视、思考这个翻天覆地的新时代的问题？我所在的《天涯》杂志，一直有一个办刊宗旨，那就是"道义感、人民性、创造力"，其实讲的不外乎就是一个问题意识,我们得通过发现一些问题,了解这个时代,来真正了解我们自己。

在大多数人有意无意屏蔽这个世界的时候,作为写作者,是应该重新建立一种问题意识了,而不是把屋檐下、玻璃窗内躲避风雨的"小确幸"当作最大的追求。

林森,男,1982年生,海南人,供职于某杂志社。出版有中短篇小说集《小镇》《捧一个冰椰子度过漫长夏日》《海风今岁寒》、长篇小说《关关雎鸠》《暖若春风》、诗集《海岛的忧郁》《月落星归》等。曾在《锺山》发表散文《乡野之神》。

让路过的人都停下来

郑在欢

对文学我倒没有什么主张,就是有主张我也不说,我会写到小说里。但我有一个倡议,那就是号召大家都去写小说,写小说的好处太多了,不管你是专职作家还是家庭主妇,到底怎么个好法,听我慢慢说来。

小时候我们去放羊,本来是不用的,放羊是大点的孩子要承担的工作。我们去放羊,就是因为有一个大点的孩子,他要完成这个任务,但他一个人太过孤单,他让我们也跟着去的一个办法就是,他会讲故事。他讲牛郎织女,和任何书上说的都不一样,他讲自己的叔叔遇鬼,和他叔叔讲的都不一样。在大人看来,他在"顺嘴胡诌",我们不管,就是爱听。我们不顾大人的反对,强行牵着自家的羊装模作样跟着他,到了地方把羊拴好,就带着点期待听他瞎扯,看他今天又有什么新货。他没那么多故事书可看,大部分时间是自己编的。为了进入状态,他会先扯点别的,故事在不觉中开始,我们也听得越来越起劲。有些路过的大人,看我们一脸专注围着他，也过来听两耳朵，大人会耽误赶路，我也因为听得入神，有一次没看住小羊，让它们误食喷了农药的植物而死，回去被奶奶好一顿骂。

这整件事就是小说创作的过程。从我说"小时候我们去放羊"开始，到那个讲故事的孩子，他没有直接开始自己的故事，而是"先扯点别的"，虽然现在他没有从事写作，但他具备编小说的素质，他知道"先扯点别的"是关键一环。

小说是什么？从写作开始，我一直时不时会想这件事，每次得出的结论都不太一样。现在我的感觉是，小说就是借着给你讲故事的名义"扯点别的"。小孩子知道你在扯，还是愿意听，更妙的是那些赶路的大人，他们已经过了务虚的年纪，还是喜欢扯。相比喜欢奇幻故事的小孩，大人更喜欢吹牛，吹牛可能会让人讨厌，可他们会为一个小孩的故事停下脚步，这就是小说具有魔力的地方，它让正在说话的人具有足够的吸引力，即使那些所谓有"正事要干"的成年人，也会因为一段讲述驻足倾听。

这时候你就要问了：有没有正事？我们来到这个世界，是为何而来，为了"正事"吗？这种正事一直在变，小时候的正事是学习，大了开始工作，结了婚要养家糊口，但这些"正事"和你到底有多大关系？人在这些事情中的角色，都只是扮演，你在用尽力气扮演从众的角色。演得好，你会有成就感，因为你在扮演的时候完成了一部小说作品，可能还会成为别人口中的小说。演得烂,你自己都不知道你在干什么,你会说你白活了。而小说,是在直接创造这种成就感,你讲了一段好玩的故事,有人因此停下脚步去听,你就成功了一次。重复这段讲述,或者写下来,这就是你的人生。没有人可以质疑。蒂姆·伯顿有一部电影,叫《大鱼》。那就是一个灵活掌握了小说这种技能的男人成功一生的范本,他一辈子都在讲述传奇故事,总让听众兴趣盎然。他比较狠的一点是直接拿第一人称去讲,这只是作家一个司空见惯的手法,他用在现实的讲述里,虽然讲的是奇幻故事,但到他死的时候,没人敢去质疑,当然质疑也没有什么用。他早就成功了,通过自己的讲述,把这些故事印在每一个人的脑袋里。让这些听众在他的讲述中入神、惊叹、质疑,可能还有反思、诘问,再然后是触动,想要再听一遍。别人可讲不出那个味道。遗憾的是,他不是作家,虽然他掌握了小说这门手艺,他死了,他创造的故事就成了绝版,印在每一个知情者的脑中。后人可以去演绎,去延伸,但那已经不是他的故事,只是他留下的故事,因为他不是作家。而作家是会把小说写下来的人,作家不在了,他的故事还在,如果足够好,当然也就会存在得足够久,影响足够多的人去意识到小说的魔力。这就是作家鸡贼的地方。这也是作家的贡献。

作家的贡献是什么?现在有一种论调,对文学普遍悲观,会觉得随着科技的进步,文学已经成了古董货,没人看书了。

如果你也这么认为，你当然不会知道作家的贡献是什么，我上面说的也就白说了。无论到了什么时候，小说都是人类世界里的硬通货，路边讲故事的小孩，电影里虚构自己人生的父亲，这些人都因为掌握了小说这门技术而获得成功。科技、政治、历史，这些都是人为了达到内心和谐而制造出的浮光掠影，人真正在乎的，是内心中可供言说或者不可言说的感受，所有这些感受都是通过小说的方式提供的。当一个人的讲述可以让路人停下来，他就是这种感受的产出者。作家把小说写到纸上，他们是专注产出这种感受的人。

所以回到最初的问题，小说是什么？我们现在讲的小说，更多是指纸上的小说，我的意思是，小说无处不在，当一个人开始说，那小说就开始了，有人停下来听，小说就成功了。纸上的小说呢，很明显这似乎是一种更专业的小说，所谓专业，不是指小说的内容，而是小说的生产方式。当小说被写下来，我们该如何评判？

按照上面的说法，很自然得出这个结论，对于被写下来的小说，最直接的检验方式就是：能不能让人翻开书之后沉进去。

能让我沉进去的小说不多，当然也不需要太多。小说被写出来，就是其作者希望在目光之外也能找寻到自己的同类，哪怕是死后，依然还可以继续找寻，通过找寻，把自己对世界的理解传递下去。这种理解里，首先是审美。这也是能让读者沉进去的第一要素。一段话，为什么要听这个人讲而不是那个人，这是审美在作祟。审美的构成是不可解的，那种说我的小说写作是受某某大师影响，或者我从某某派系汲取灵感的作家，基本可以判定是不知道小说从何而来的作家。审美的构成有太多不可测因素，比 DNA 复杂多了。但总是沿着这样一个路径，从被迫接受到打破桎梏，从认识到认知，从自发到自觉，从只是单纯喜欢到开始创造。审美是修炼而来的，而修炼的过程中，也有惯性残留，也有不可控因素，你不能完全将审美修炼成预设的样子。举个例子——像举个例子这种事，就是审美的惯性残留，但我没办法，还是要举个例子，你小时候喜欢坐的真皮沙发，那种触感构成了你对皮质物品的审美。人最大的局限就是只能推己及人，你只能在自己的认知里打转。审美是有残缺的，正是这种残缺构成了审美的独一性，独一性决定了作家是否能够在小说这门艺术上取得足够大的成功。在我的感觉里，如果一篇小说能给读者带来陌生感，那一定是因为审美上的独一性，有了陌生感，小说起码在审美这一个维度上取得了成功。具体到小说层面，就是语言和结构。

当然仅仅靠语言和结构还不足以构成一篇成功的小说。只有陌生感，读者怎么进入你的小说呢，怎么和你共鸣呢？这应该是小说最重要的一环，我称之为通感。人类从直立行走到独立思考，有没有一条纽带延续我们的基因，如果有，那就是通感。从母亲知道保护自己的孩子开始,人类把最基本的情感传递延续下来;饿肚子的时候,发明了工具;有余粮的时候,开始计数;恐惧产生了图腾;开始怀疑,就有了宗教。人类的小说创作从壁画开始,慢慢延续下来,能够一直传递下去,就是因为这种通感。我们现在看到古老的图腾,依旧会有肃穆的感觉;看到魔鬼的画像,仍然会恐惧;提到龙,还是感觉到力量。曾经的小说靠集体创作,因为所有人有感的就是那几件事。现在呢,人的关系越来越复杂,感情也越来越复杂。我们被迫学习的东西越来越多,脑容量越来越大,可是通感,依然还在。不同的人创作不同的小说,只有那些能够洞察了人类通感的作家,把局限缩小而不是放大的作家,才能够争取更多的读者。具体到小说层面,就是你不能写得让人看不懂,你要力争让所有人都看得懂。如果你让人看不懂了,那就是你被乱象迷惑,你不知道为什么写小说,你丧失了抓住通感的能力而沉浸到异质的审美中去了。

这不冲突,但是有先来后到,首先是通感,然后才是陌生感。这两者是构成一篇成功小说的必要因素。因为什么呢,对于小说创作者来说,这是很悲催的一件事,但必须要学着接受——太阳底下无新事,在耶稣诞生之前,《圣经》就这么说了。"已有之事,还会再有,已行之事,后必再行",我们只是循环而已,"虚空的虚空,虚空的虚空,凡事都是虚空"。我也不是太懂,就是觉得有道理。

太阳底下没有新鲜事了,所以千万不要试图搞点新鲜事出来,一旦抱着这样的出发点,就有可能丧失通感。所有的感受都有人感受过了,但依然要继续秉持这些感受,并最大可能去确定人最在乎的感受。这是作家的功课,然后才是陌生感,陌生感让通感焕发新生。当然,说到这里,我不想得出一个"旧瓶装新酒"的简单结论,虽然这样理解也未尝不可,但这就丧失了写作的意义,作为一个作家,我可不想用前人的古话给自己壮胆子。太阳底下无新事,真的没什么可说的,之所以再说,是我想让你停下来。就像我喜欢的相声,老艺术家们总爱说一个老梗,这个梗也解释了小说这门艺术的优雅之处,如下对话,百听不厌:

"相声是一门语言的艺术。"

"是啊,说学逗唱,都跟嘴有关。"

"相声使人发笑。"

"不笑怎么办?"

"不笑?不笑我也不能下去咯吱你啊。"

说学逗唱,都和嘴有关,语言即世界,小说家的优雅是我讲个故事,你路过停下,你走,我也不能拽你回来。

我就站在这,等你停下来。

郑在欢,男,1990年生,河南驻马店人。作品见于多家期刊,著有短篇作品集《驻马店伤心故事集》。现居北京。

没有"们"的"我"的没有主张的"主张"

茱萸

在听诸位发言的同时,我在看会议手册里印的往届笔会的合影。从2014年的第一届到2016年的第三届,合影的背景里挂着的横幅,都宣示着会议的同一个主题——"文学:我们的主张"。今年,我们的主题少了一个字,变成了"文学:我的主张"。我的这个发现虽然只是一个小细节,但从"我们"到"我",是一个微妙的、富有象征性和阐释空间的变动。我愿意将这个变动,视为《锺山》这样的当代文学期刊的重镇,在其年届"不惑"之时,依然富有活力、能够保持年轻与锐气的象征。因为能意识到这种变动,至少是一种不保守的标志。

新文学在其缔造之初获取的关于"们"的传统,由于使命感的驱动而承担了过多的文化抱负或包袱,由于历史的吊诡和机缘巧合,以至于那个"们"一度淹没了"我",让"我"这个言说和写作的差异主体,变成了需要代言"时代"、务必体现"典型"的一员。后来,新时期文学得以确立,和大家对"们"的阴影的克服有关。不过,因为强势笼罩过数代人的心灵,人们的思维和心智深受其影响而不自知——它如今依然像盘旋在汉语天空的幽灵,一个无远弗届的幽灵。

"我们"时代的文学早已回归本位,回到关于"我"的文学。这个"单数"意味着差异、个性和多元,正是"现代"甚至"后现代"的特征。正是在这个层面,我认同陈志炜在他的发言中那种自我定位的姿态。他不那么操心"我们",而更致力于拾掇"我"这个"自己"。这一类作者通常不关心是否存在某种"群体的共识",在大多数情况下,也不那么汲汲于加入讨论或争执。

我自己也是这种类型的作者。我或许在很多的场合确实提过关于诗歌的这样那样的主张,但那通常是一种即兴思考的轨迹,而不是终点。换句话说,作为一名写作者,我并没有那种"一揽子计划"式的"主张",也不认为这种文化姿态式的"主张"有何种必要。诗人的"主张"倘若无法在他的诗中得到呈现,那么这种"主张"只能是一种话语幌子;倘若有权且可以称之为"主张"的东西在诗中得以表达,那么更无必要多此一举,直陈所谓"主张"了。

所以,对于一名诗人而言(或许小说家亦然),他要面对的是细碎的经验和临时的难题,他要经历的是那些此消彼长的考验和此起彼伏的历练,而非听从于一种自我设定好的理念或主张——前者才是最耗费我们创造力的地方。这种"此时此地"般的具体，才带来真正的力量，正如法国诗人伊夫·博纳富瓦说的："诗和爱情一样必须对那些存在的存在加以抉择；诗应该忠实于黑格尔曾经自豪地以语言的名誉忆及的此时此地，应该将来自于事物的词语创造成一种向自身回归的深蕴和反常。"此可用以做在场的证词，亦可勉强视为"主张"的临时方案。

但是，一旦抛开自己的作者身份而用一个文学观察者或批评者的眼光来看的话，我觉得林森的发言亦不无道理——"我"当然可以不对"我们"负责，但仍然处于无数不同的个体之"我"所织就的关系之中，处在人类命运和思想的共同体当中；作为一名写作者，倘若没有对"们"的关怀和观照——哪怕这种关怀和观照依然出自作为个体的"我"，那么写作的意义至少要打些折扣。这种思路其实不与我们对"我"的强调相冲突，后者可能是朝向前者的通幽曲径。

所以，我要在这种终极的意义上使用"们"，这样的话，我才能有一个立足之处，来说出一个不能算主张的"主张"：

诗是我们真正的弱点所在，因为它以言辞为栖身之所，这人类的言辞，看似鲜亮，实则昏晦，如柏拉图在《斐多篇》中谈到的那样，映射的正是我们的有限性。从理念论的角度来说，它时常和意见、情绪和想象纠缠在一起，离真理和谬误都仅有一步之遥。尤其是，当言辞注目于尘世上的可见事物时，它变得更为混沌，换句话说，可见之物加深了言辞的晦暗。言辞是人类在经历"巴别之乱"后，从终极存在那里获得的仅剩的恩赐，这种恩赐不是完全的救赎，而只是终极存在从高处抛出的绳索——你抓住它，并从这高处获得理性的前提和保证。但或许正如克莱因（Jacob Klein）在注疏柏拉图《美诺篇》时所说，"将我们的理性的假定充分明晰化的能力，或许无法赐予有死的人们"。诗和理性有所交缠而又互相区别，却共同来自观察和言辞的恩赐。人类的易朽和有限，使得我们只能够短暂拥有诗这种言辞的恩赐，享用因对它的运用而带来的一时欢愉。

茱萸，男，1987年生，河北人。出版《花神引》《炉端谐律》《浆果与流转之诗》等作品、论著及编选约十种。曾获江苏省紫金山文学奖、国际华文诗歌奖等奖项。现供职于苏州大学文学院。

我的写作体验：装置艺术与语言游戏

索 耳

在"我的主张"这个话题上，我觉得自己是没有什么主张的。"主张"这个词，用起来还是太大了，写作这种东西，本来就是小家子言，大家各有路数，不必拜倒在什么主张之下，也不必自作主张影响他人。如果是个人在写作上的一些体验，倒是可以拿出来和大家分享一下的。我觉得自己本身就是一个很分裂的人，平时可能看上去比较随性、爱玩，但一到写作的时候或者说写出来的东西，就会变得相当严肃、理性和克制，平时的我和作品里体现出来的作者主体其人格是截然不同的，当然，我享受这种分裂。刚才提到我的作品里体现的一个倾向，即理性和克制，我也不太清楚自己是什么时候形成这种倾向的，也许是觉得比较酷吧。德国有个作家叫马丁·瓦尔泽，他写过一本小说叫《批评家之死》，非常大胆非常朋克，但又不是歇斯底里的那种，是那种冷冰冰外表下的朋克，我追求的风格大概是那种。

接下来我想就小说的内在层面说一下。分两个方面：

首先是装置艺术。为什么提这个词呢？因为有朋友说过我的小说写得像装置艺术。用力、刻意、目的性明显，不够软也不够圆润，像被刻意锤炼的刀片，扁平尖锐。事实上，听到这个评价，我是有点高兴的，因为这意味着自己的写作有了一点风格化的东西。可是后来一想，个人的风格化是值得高兴的事情吗？很多时候不过是给他者带来方便的观感罢了。我想尝试得更多，也不希望自己的作品被固定化为某种风格或形态。就像法国人那样，把文本当成高雅艺术在操作。文学本来就应该有点美，有点艺术的样子，而不是傻愣愣地复刻那一箩筐的破事。当然，这里说的不是纯粹的文本游戏，我更愿意在这样一个层面上，加上德奥小说那种广泛的逻辑力和思维坐标，就是目的或者情感的介入，就像把天上飞的鸽子关在笼子里看一样，这两者观看的情感是不一样的。自由飞翔的鸽子不是装置艺术，但放在笼子里，这可能就是装置艺术了。我想要构建的，就是这样一个把美关在笼子里的逻辑。

其次，我想说一下语言的问题。在语言这个方面，我比较考究。有句话是这么说的，一切问题都能归结为能指的问题。但其实吧，我自己对语言也是迷茫的，因为汉语也在发展，现在大概处于一个"后汉语"的时代，受到政治、经济、文化各方面的影响。有时候我会觉得沮丧，因为你无法找到准确的词语去表达自己。语言同时也在消解着它本身的意义，语言也在怀疑着自己。我自己读了不同语言形态的作品（英语、现代汉语、古汉语、翻译腔、翻译腔的再翻译等等），我也不知道自己的语言应该是怎样的，总觉得是某种固化的修辞、长期以来形成的语言形态制约了自己观念的发展。有一次和陈志炜交流的时候，他把自己新写的小说给我看，我记得第一句话是这样的："夏日茫茫……"当时这个词语一下子就震住了我，倒不是说这个词语有多好，而是它让我观照到了自己的写作的边界性。当时我跟他开玩笑说，你这个词语，我一辈子都可能不会用。因为它不在我的语言体系里，我的认知库里根本就不会允许这样的组词方式。但是，虽然我不会在写作中用这个词，不过在阅读中，却是没有什么障碍，它不会让我觉得有多么好或多么差。只是一个词语而已。因此，我开始反省，如何去摆脱束缚而达到语言真正的自由？维特根斯坦的"语言游戏"也许是对的。语言游戏应该是像维特根斯坦说的那样："……它们是比我们使用我们的高度复杂的日常语言的符号的方式更为简单的使用符号的方式。语言游戏是一个小孩借以开始使用语词的那些语言形式。"在他看来，语言游戏就是某种简单而初级的原生态的使用语言的方式，就是每个人小时候所采用的语言符号形式，通过观察日常语言的使用来反馈语言的本义和修缮理想语言，并不是用理想语言去摄统世界本质。无论是固化的修辞也好，翻译腔的语言和能指也好，我都不希望自己的写作会给别人一种既有的安定感。如果这种安定感形成了某种固定的审美观感的话，那我更想走到它的反面去，和它对抗。语言的游戏应该是不安定的、炸裂的，哪怕是随意的，就像赫塔米勒的拼贴诗一样，那至少也是一种尝试。不过当然，这不是鼓励随意性，任何无道理的随意的自洽性都是应该摒弃的。写作应该是挖掘和突破自身的最大可能，而不是轻易地取悦自身。我想这大概是我们都会有的写作上的驱动力吧。

索耳，男，1992年生，广东湛江人。在多家刊物发表小说、诗歌作品数十万字，部分作品被选载，曾获第四十三届香港青年文学奖，第三十三届、第三十四届全国大学生樱花诗赛奖等。现居北京，供职于某文学杂志。

用心生活，用情写作

秦汝璧

我是绝望的，岂非是现在。过去的绝望的思想里有美丽的背景，是悠扬的。躺在躺椅上，留心着门外的庭院里寂寂的阳光和溜圆的雀声。东升的太阳与西落太阳的光热程度是差不多的，然而仍有区别。月亮也是。一整天的阳光，从东墙移影到西墙，生命里的一天就这样过去了，好像人也到了暮年。现在的日子更快，然而思想里那点美丽一点点忘却掉，一点点褪去，绝望中便只偶有铁的麻木。

也许是思想里过去的那点美丽要使我作文字，也许是别的什么缘故，或许还是天生的。我才活了二十几年，但有许多的迁异使我吃惊，何况中国已有几千年的文明历史。除了我们自己所处的这个时代，我总觉得过去是晦冥的，非要去看一看究竟才好。然而文字使我们大概看清楚过去的一点真实，使文明延续。我总想着，有一天我们地球毁灭，无数的纸张在太空里飞舞，有新的种类拾去了只言片语，我希望，那是人类一切的真实。真实里的人那才是人，真实里的不合理与异态被揭穿，才有光与美的出现。

知道真实又有什么用？个人的人生有许多选择，人生一世，草经一秋，为什么偏要孤苦地落入荒凉中去呢？普通的人便常常做着这样实际的比较。我自己也常这样怯懦地想尽办法去委屈折中。

因为我并非中文科系出身，对于文学的一切理论、批评与标准了解得都很片面，就我自己看书得来的一点浅识，第一还是先要有好的文艺作品，大量的好的文艺作品，那么好的理论研究自然也会"呼哧呼哧"跟上来，就像先有大量好的唐诗宋词，那么什么"诗话""词话"就都出来了。反过来，这些理论批评又能促进好的作品产生。好比古代朝廷里的"文东武西"，先要"武"人能够定鼎河山，"文"人才能够治安天下，同时天下的治安是要靠"武"人去平乱的。我实在希望有这样良好的循环。

大学里因为感情冲动写过一部长篇小说，拙劣得使我忘记了这部小说的名字。写的是一个身上具有完美德行的现代男子与一个女人的恋爱。这个男子，因为战争（小说的背景就设定在战事频发的清末民初），因为身上的家国情怀，死了。女人还很光鲜亮丽安稳地生活在江南的一处曲巷深庭中。主题我还记得，大概可以用一句唐诗来概括："可怜河定无边骨，犹是春归梦里人。"我大约还记得我是花了笔墨写那女人与小姑是怎样怎样安稳地生活着，两个女人几乎已经到了打情骂俏的地步，可越是这样写，越是悲哀，她就是真等到天荒地老也等不来了。这常常使我思之落泪，所以赶紧写出来。小说写出来我就立刻后悔了，不，写到中途就后悔了，一度搁笔撂在那里，觉得这样披风抹月的故事大概谁都觉得是陈腔烂调，可是一旦动笔写的时候又是那样流连忘返。一趟一趟打印出来去寄到杂志社、出版社，直到有个主编打电话来，这才死了心。

无论是创作幻想的还是叙写的真实人生，我想都是这样子的吧，写的都是情意，也是因为自己的情意使然。我以前看见有"纯文学"与"非纯文学"之说，不晓得怎么样算是"纯"，怎么样又算是"不纯"？卖不动的就是故弄玄虚的"纯文学"，畅销的就是浅薄的"非纯文学"了么？电影也有文艺电影与商业电影，我实在觉得是岂有此理。画面的东西本就非常直观，含蓄而丰富的东西画面就不能过多承载，否则观众就要吵着说看不懂了。就像蒙娜丽莎的微笑，吵了那么多年，观众还是不懂。偶尔懂那么一点了，那还是用文学去解释的。文学上的纯与不纯，也大概是指创作动机与出版的动机纯不纯吧。其实作品出来了就要让人看，要去交易，本质还是买卖，现在想来什么不算买卖呢？有几个跟古人一样，完全是日子余裕才来弄笔，再无聊些也只给身边的媵妾名妓看，看不懂才好呢，顺便讲给她们听，教她们"鸳鸯"两个字怎么写，很会占便宜。其实，我又何至于这样苛责，像我自己遭受着都市生活的摧残,无非也是为了钱。刚到南京,到这社会里,思想与情感就极度失去了均衡,生了一场病,喝了两个月奇苦的中药,一顿不落,里面还有蝎子的干尸。我母亲直赞叹我厉害,也许她看出来我是怕死的。虽然有时候摇头晃脑,一直嘴硬,说什么人固有一死之类的话。在这过程里我体会到人在这样的社会里平安无虞地活下去都要何等的本事。首先要去学习做人。以前中学的数学老师教导我会做事不如会做人,我一直以为大概就是不要成为社会的祸害。我常常很响亮地对我的父亲说:"我是不会学你们那一套的。"可是我到底还是个粗俗的人,当时的话就更加鄙俗不堪了,因为这样的屈心移情,并在这之下,已然有一丝的快乐。我们习惯性地为自己找借口开脱,"全是不得已呀""这就是人性",其实还是猴子的狡猾恶毒。人性进化的确是缓慢的。一百年前,鲁迅先生的阿Q被姓赵的打了个嘴巴子,便去欺负孤孀尼姑,现在,公司里的中层管理者受了上司的气,下面的人去跟他说事,他马上火冒三丈叫别人滚出去。所以呀,在猴子与文明之间我们便是这样混浊不明下去的。我自己也开始糊涂,难道付出真心,别人就会怀疑我对他有所图谋么?

我还在慢哼哼地写着,防着自己彻底地麻木不仁下去。我已然这样违心地花着自己的时间去工作,独力赚钱,倒也不是怕过穷苦日子,只是怕因贫困而带来的蔑视的眼光,这是从小在我母亲那里学到的一点做人的经验。等候着父母的帮助，甚至于别人的帮助，纵然父母不说什么，自己每每便觉得羞惭，觉得无以为报。马克思那样心安理得地受着恩格斯的帮衬，那是因为他知道恩格斯十分懂得他。我们这个时代有谁能愿意静静地与一个人相看两个小时而不厌？能够不靠别人，自己吃得健康些有营养些，为什么不呢？也不能算是很高的要求吧。

秦汝璧，女，1991年生，江苏扬州人，现居南京。曾在《锺山》发表有小说《旧事》。

文学，让我学会原谅生活

唐诗云

一

一个作家最好的早期训练是什么？海明威回答说："不愉快的童年。"

显然，我在懵懂时期就不知不觉地接受了成为一个作家的早期训练。恐怕没有谁会希望自己接受这样一次有来无回的训练。与一个充满阳光和欢乐的童年比起来，我不知道这个世界上还有什么能够和她具有对等价值可进行交换的东西。

这种不愉快的童年影响我对这个世界最早的认知。自闭，孤僻，不会和别人交往。把大多数的时间用在读书上。这似乎就是我二十五岁以前的人生经历。然而造化弄人，后来我从事了记者这份工作，每天的任务就是跟各种各样不同的人交流。这种采访工作带给我的好奇与不快乐竟然是同样对等的。感谢这份工作，至少让自闭的我开始被动地去接触陌生人了。这是一种没有任何心理负担的同陌生人的交流，认识他们，了解他们的一些故事，然后再转身去认识更多的陌生人。这种纯粹工作式的与人交流曾经使我欣喜莫名。我以前一直怀疑自己是个心理上受到严重创伤的病人。很庆幸，这份工作让我开始了自救。我甚至不敢想象：假设我继续这样自闭下去会是一个什么样的糟糕透顶的我。

在报社工作不久之后，我有了一个专属的采访栏目，叫《锐读》，每周采访一个作家解读他的一本专著。因为工作，我要仔细阅读他们的著作，然后带着问题去访谈，听他们讲述创作这本书的过程和细节，像一个普通读者一样提出一些问题。那个时候，每周一节课成了我那一段时间的工作重心和学习重心。而做专访栏目的这几年时光，我完全沉浸在这里面不能自拔。现在回想起来，这正是我人生中不多的感受到阳光和温暖的时日。谁能想到，在离开校园参加工作以后，还能有这样纯粹的时光来精心读书、做笔记，然后带着问题和老师面对面地提问、交流。然后单位还要给你的这样一种行为开工资。回头再看那段时光，仿佛真的是老天给予我的一种补偿：我供职的这家商业报纸最终停掉了这叫《锐读》的副刊。而《锐读》的消失却给了我一段完整的学习写作的过程。

这些形形色色的作家们每一个都是我的好老师。原谅我不能在这里一一罗列出他们的名字和专著来，那会是一个长长的名单和书单。甚至有一些作家，在这种采访互动中成了我真正的老师和朋友。也是在这种过程中，我感受到了他们对于生活中种种不幸遭遇的宽容、洒脱,甚至感恩。像海外女作家虹影,像台湾女作家陈雪。我的那些所谓的不愉快的童年和她们比起来,真的好像不值一提了。也就是在那个时刻,我萌生了把自己的故事写出来的冲动。那应该算是我的《白雪皑皑》最初的写作念头吧。

二

莫言说:写作是从模仿开始的。其实几乎所有作家都说过类似的话。就像书法家也是从描红起步的一样。我在写作《白雪皑皑》之前也有过几篇习作发表。这就是我开始模仿的产品。我说过,在那差不多两年的时间里,我采访过差不多七八十位著名作家。他们几乎每一个人都可以成为一个初学者一辈子学习的对象。而我就那样走马灯似的学习着,甚至是填鸭式地消化着。这也导致了我前面的写作杂乱无章,没有固定的生活场景。我不认为这样有什么不好。学习嘛,模仿嘛,总要尽量都尝试一下。甚至我还想写类型小说,向我采访过的温瑞安、刘慈欣、蔡骏、常书欣致敬。

那个时候我的小说习作只有一个主题,那就是伤害。在我阅读过的小说中,记忆最深的那些人物,无一不是深受伤害的。其实我们每个人从懂事开始就受到过各种各样的伤害,然后让我们记忆深刻。假设一个人在晚年回忆自己一生经历的时候,他记忆清晰的那一部分中,肯定是那些别人对他造成的伤害或者他对别人造成的伤害占据了大多数。如何对待伤害，显然受伤者各有各的处理方式。我曾经被伤害，也在无意中伤害了别人。正是这种不同的处理方式让我们感受到了大千世界的酸甜苦辣个中滋味。正是这种方式注定了小说和新闻的不同。新闻要的是结果，小说展示的是态度。不知道我这里对小说的理解是否正确。但正确与否对我来说无关紧要，反正我就是这样写的吧。

但是，我知道我那个时期所有的习作，其实都不是我想要的小说。之所以写它们，只不过是因为我需要练笔，需要用它们来打发时间，需要让我在无尽的黑夜里摆脱对于安定片的依赖。而我最终是需要去完成一个《白雪皑皑》那样的小说的。因为它的情节霸占了我的整个童年。我试图忘掉自己那段不愉快的时光，我也曾说服自己原谅过去，原谅里面的每一个人物。但是，我最终发现，原谅的最好方式就是把它写出来。不写，它始终盘踞在我的身体里。

有一回，和张好好聊天，她告诉我真正的小说都是自己的生活。而生活才是最好的小说。这是她写作二十年的最深的感悟。我始终没有弄明白什么样的小说才是好小说。我试图问了我身边的很多朋友最近看了什么书，这个书好吗。而张好好的回答是，一篇好的小说，首先是感动了自己。

回家之后，我把我的《白雪皑皑》发给她。我告诉她，我不知道这个小说能不能算小说，我就想给你看看。大约一周后的下午,她微信回我:"这是一篇好小说,我看得热泪盈眶,心潮澎湃。《芳草》用了!"

这大约是我听到的最好的一次评价,异常开心,几乎跳起来反复问她:"真的吗,真的吗,真有这么好吗?真是一个好小说吗?那你别发!千万别发!我要给大刊!"庆幸的是《白雪皑皑》发在了第8期的《中国作家》。这种开心除了文字本身带给我的快乐,而更大的开心是,我写了一篇我想要的小说。

在《白雪皑皑》之前,我的习作总是在试图向别人证明一些什么。证明自己会编故事了,证明自己会设置悬念了,证明自己的语言看上去有了老气横秋的味道了。好吧,事实证明,这些堆砌出来的小说丝毫没有给别人留下过什么印象。写了,感觉到自己有点技术上的进步了,它们就完成了自己的使命。这次写《白雪皑皑》我不想这么干了。我暗暗告诉自己,这次就写自己想写的东西。什么技巧,什么故事,什么思想内涵,统统见鬼去吧。这一次,只想写得让自己开心让自己快乐让自己随心所欲。

到现在为止我都不知道文学或者说小说的本质和意义是什么。我现在也无意去追根究底地寻找答案。知道答案又有什么意义呢?就像我知道100米跑自己只要跑到10秒48就能打破世界纪录一样,知道答案了我也做不到啊。但是这并不妨碍我每天晚上去锻炼去夜跑。或许小说在刚开始问世的时候就给自己做了很好的定义：就是小小地说一下而已。只是为了让自己开心愉悦，或者只是为了让自己不再忧伤。而《白雪皑皑》终于让我找到了原谅生活给予我的所有不愉快的方式方法。

这种原谅让人的内心变得更强大。

唐诗云，女，1985年生，湖北人。有多篇小说刊于《作品》《西湖》等刊。现居武汉，任某报社记者。

写作：追问不止

顾拜妮

我其实没有什么主张，太有主张给人感觉好像自己特正确一样，我不是那种活得很正确的人，说白了就是不太主流。且不说文学这种东西，小说在我看来无为些比较好，对于我正在从事的教育工作，也是这个观点。我不认为自己这么做对，也不认为别人的就对，我对自己的定位就是一个人，一个活在更大体系里面的个体，我不想越界，还是不要对自己不够了解的事物伸手乱提建议了，所以没什么好主张的。

这不代表我没有想法，相反，我乱七八糟的想法还挺多的。写作十年，走到现在，有些想法也不意外。打个比方吧，写作更像是一个我打出去的羽毛球，从宏观的写作来看，这颗球在上空飞跃了十年，甚至还会更久。十三四岁把这颗球打出去，它就不再受我的控制，但我的目光从未远离，依然追随着它，并在这个过程中得到学习。从微观的写作上看，我又无数次将这颗球击出去，力量的把握和角度的控制也在这样一次次训练中得到长进。

我没什么太强的社会性，这点挺奇怪的，但也不奇怪，就像有些人生来没有手脚。小时候别人谈论成绩，上班之后大家谈论房子这些实实在在的东西时，我都显得比较冷漠，因为确实不太理解，我对正常的生活不感兴趣，在这一块儿不开窍。整个青春期都在试图掩盖这种缺陷，但后来发现缺陷就是缺陷，不如坦然接受来得舒服。神奇的是，在接受后的某一天，突然开始意识到这种缺陷大概恰是我的天赋所在，我的注意力不在别处，我的目光始终注视着上空的球。

这不是说我在文学上多有天赋，文学只是载体。而且人们对天赋的理解要么过分神圣要么嗤之以鼻，其实每个人或多或少都有，只是天赋的"落点"和"点数"不一样，就是一个随机事件。举个例子，一个人手里握了一把碎纸屑，随手往天上一扬，恰好有一片落在你头上，幸运点可能是两片或者三片。影响概率的因素可能有很多，偶然中有必然，必然中有偶然。当然，幸运也是相对的，是天赋也说不定是灾难。

至于写作的动力，大概就是我不明白，不明白很多事情，又想搞明白。而文学的本质应该是追问吧，好奇自己的存在和自己以外的存在，好奇神秘的和未知的。在科学不发达的过去，人类没有制造出火箭飞机，生物学这些也没有得到发展，有那么些神话故事，无论是女娲造人还是亚当夏娃，无论是东方还是西方，人类并没有因为科技的限制而停止对世界的好奇和解释。甚至，文学总是先于科学抵达，也就是说人类的直觉总是要比大脑快一步。说白了，人之所以追问和好奇是因为恐惧和迷茫，所有短暂的解读都是给正在攀登的人类文明找一个支点，承载着心愿，缓解一部分痛苦。

我想象了一下，假设有一天大彻大悟，不再需要追问或者找到比写作更直接的载体时，大概就不写了。我说过自己没有什么社会性，没有太多欲望，写作可能会带来一些附加的东西，但绝对构不成动力，毕竟写小说有时也比较辛苦，我太懒了。而事实上，我大彻大悟的可能性非常渺茫，即使今天明白，明天出个什么事，我又困惑了。所以糊涂也算好事，能一直写下去。《锺山》四十周年，让写一句赠言，我写了四个字，送给《锺山》，也送给我自己：追问不止。

因为人类的痛苦和困惑不止，有点跟宇宙喊话的意思，希望人类的智慧能比他们所经历的黑夜速度更快。

顾拜妮，女，1994年生，山西人，十四岁开始发表小说，作品见于《收获》《花城》等杂志。

文学于我，是一种宿命

焦窈瑶

写作，归根结底是一件孤独的事，写作者所承受的精神压力往往是巨大的，就在前不久，听闻一位未曾谋面的作家朋友胡迁意外身亡，就在他出事的前几天，我们在微博上还有过联系，所以感到十分震惊和惋惜。里尔克曾云："在伟大的作品与生活之间总存在着古老的敌意。"写诗的最高境界大概是"不写"，即是生活如诗，诗如生活。但不写之写，终要有一个"写"，诗人（作家）以词为居，以语言为"存在"，这是诗人的宿命。天赋与才华到底给诗人带来的痛苦多还是幸福多？这是个不能终结的问题。诗人痖弦先生有一次对他的女儿说"爸爸一生的文学和人生都失败了"，他的女儿说"没有什么比一个失败的人生更像一首诗"，文章憎命达，千古同理。

文学于我，应该是一种宿命。孩提时期，我便对文字尤其敏感，母亲有意识培养我的阅读爱好，我喜欢抱着图画书自言自语地编故事。上小学之后，班主任张薇老师发掘了我的写作天赋，加上爱好文学的外公在中学任教，我年幼时的作文习作，许多都经外公之手批改，发表于一些报刊。我还记得1998年的一天，我坐在外婆家的小板凳上，手里拿着刊登了我作文习作的报纸，心里有一种异样的感觉，我感到我的人生将要起什么变化，想当"作家"的愿望，也朦朦胧胧地产生了。

2010年，我在《青春》杂志上发表了第一篇小说《男孩三木》。那年我还在南师大文学院就读，我所在的文科基地班开设了"写作学""小说创作"和"影视文学"三门和创作有关的课程，授课的分别是朱持老师、郭平老师和鲁羊老师。虽然自幼爱好写作，但真正开始小说和诗歌创作，缘起于这三位老师的课堂，其中对我影响最深的便是郭平老师。《男孩三木》之前和之后的一些作品，都得到过郭老师的指点和鼓励，而我的"芦镇"系列小说构图，也以《男孩三木》为发端，逐渐充实、扩大，聚焦的人物由青少年扩展到"芦镇"的芸芸众生。记得当年看过奈保尔的《米格尔街》、乔伊斯的《都柏林人》和安德森的《小城畸人》后，我都想过要写出一部"芦镇风云"。

陆续发表在《青春》上的《热带雨林》《蓝乌鸦》《糖醋鸡》和《满天星》，发表在《山花》上的《夏娃的礼物》，发表在《青年作家》上的《金色曼陀罗》编织起我的"芦镇风云"。和《男孩三木》一样，这些小说的背景都是"芦镇"，原型就是我的家乡南京大厂。作为一个集聚了南化集团、扬子石化、南钢等老牌国企的化工小镇,"大厂"相对于"南京城"总是个被人忽视的边缘的所在。有许多土生土长的南京人并不知道,就在六合区和浦口区交界的地段,还存在着一个进一趟城还要过长江大桥的"大厂"。几十年来,"大厂"的归属一直成谜,自从"大厂镇"从行政区域划分里被撤销,先后被划给六合区、沿江工业开发区、化工园区等,直到今天,这几个区名仍然可以混用,而"大厂人"仍然执拗地认定着他们不变的乡名:大厂。尽管这里污染十分严重,交通十分不便,商业、医疗、教育都没有城里繁荣发达,但只要是老大厂人,都会与这片带了魔幻色彩的土地结下颇深的情缘。

在化工镇上扎根的人来自天南地北,我的一些同学从来不说南京话,只说普通话。拿我自己来说,祖父母从扬州落户大厂,乡音一直未改,我打小讲的就是不正宗的南京话。从某种程度上来说,芦镇是我虚构出的一座"真正的故乡"。引用我的一位读者的话便是:"芦镇似乎是一座艳丽的孤岛,岛上的人有诸多骚动,想要离开,最后宿命般地返回,因为他们的结都在这里。"无论是早期写的"青春残酷物语",还是从《满天星》《夏娃的礼物》开始写的几辈人、几个家庭之间的恩怨情仇,我都将对大厂的感情,对那些离散人事的念想倾注在其中。在虚构的圣殿里,记忆重新复苏,我仿佛陪伴着我笔下的故友亲朋，逆时光而上，追寻生命的无限可能。希望未来能将"芦镇风云"写得更广阔更精彩。

一直以来，我都在小说与诗歌之间徘徊，享受一种自我"分裂"。我认为每个写作者都得处理三种关系：自己和语言的关系，自己和自己的关系，自己和世界的关系。我写诗，更多的是处理前两种关系，整个人状态比较紧张；而写小说渐渐成为我治愈自己的方式，我需要眼观八方，写世俗众生相，学会与生活和解。写诗、写小说都是一种修行，写到什么层级，都是要看个人造化的，写作写到最后，都是在写命。

最后说说对自己影响较深的作家：陀思妥耶夫斯基、契诃夫、狄更斯、艾米莉·勃朗特、雨果、福克纳、加缪、川端康成、夏目漱石、易卜生、库切等，诗人有：茨维塔耶娃、阿赫玛托娃、曼德尔施塔姆、马拉美、瓦雷里、叶芝、里尔克、帕斯、艾米莉·狄金森、华莱士·史蒂文斯、博纳富瓦等。当然，不能忘记《红楼梦》，那也是我写作的动力和源泉之一，另外，杨德昌导演的电影也对我创作的理念形式产生了很大的影响。

焦窈瑶，女，1988年生，江苏南京人，小说、诗歌见诸多家报刊，诗歌入选"中国80后诗人诗歌作品大展"、"中国都市新生代·南京诗群"、《2015中国诗歌年选》等。曾在《锺山》发表有小说《一九九一年的柏拉图》。

不正确的写作者

熊森林

我只关心我不知道的事物。最开始写作时，我非常乐意于和写作的同行交流，常会拿新写的作品给朋友看。有一次，已是凌晨两点钟了，我凭着友谊，压着对方问：这首诗是我刚写的，你觉得哪里有问题？如果有你觉得好的地方，不要跟我讲，只告诉我哪里不好。类似于一个意象，当我在诗里使用过后，它就变成了我自己的，我已捕获了它，从此，我便开始忘记它。所以，当被问及我的主张时，我需要回忆和思考，我到底得到了什么？

我和同龄的写作者们可以吸收的东西过于多，以至于获得了丰富的写作理念和模仿对象，甚至流行一个说法，"还没有开始写作，就已经有了诗学"。情况当然如此，但这也只是一种虚弱的焦虑，因为诗歌是一种文本，几行字便可判断究竟，理论诗学无法加持给文本本体，这是两码事。一个勤奋的写作者，面对取之不竭的银河般的写作宝库，那便可以获得比较快的写作方式和理念迭代的速度。

但是，作为一个创作量不大的写作者，我没有掌握一个理念时，便不太能够谈论它。未完成的理念，反复被说出口，谈论的次数多了，理念被消费掉，力量也就耗散了。我再秉承着它去写作，动力与气力都感到不足，这很微妙，几乎有人情变迁之感。于是，只好不得不寻找下一个热衷、信服、值得一试的理念。其次，当我没有完成理念时，我凭什么去谈论它呢？我并没有掌握它，没有得到它，它在我的脑海中，只是一个预想，甚至是臆想。只有用我的写作实践去完成理念后，才可以去谈论。

三年前，我在南京和很多同龄的写作者一起玩，经常聚会，往往喝酒、谈诗到凌晨四点钟。在酒桌上，朋友们会读自己新写的诗，讲述自己的写作理念和最近阅读到的喜欢的作品。那是非常热衷于谈论文学的时候，很多刚开始写作的人都会如此。后来不太谈了，很多人毕业、工作，离开了南京。对我而言，不谈论文学最重要的原因是：我写成什么样？谈论得多了，便反思自己写得不怎么样，那可真的是巨大的张力了。前人所开拓的伟大和我自己的笔力，完全是两码事。所以后来便羞愧于谈论大话题，羞愧于谈论写作，反思自己到底写了什么。

但每个写作者都会有自己当前的写作理念，可谈到"主张"便怯了。"主张"和"观念"是分开的，"主张"是号召式，是一种"我们"的东西，虽然也肯定是基于"我"。同时，我们又特别想做一个"正确"的人，当需要"主张"，哪怕是把观点说出口，都特别怕成为一种"错误"，怕成为被攻击的对象，所以更加不敢主张了。这可以说是一种"政治正确"，这种意识形态，和写作的正确、理念的正确、表达的正确、内容的正确，难道不是一致的吗？我希望自己成为一个"不正确"的人，自己想的是什么，只要想清楚了，即时的、当下的，需要的时候就可以表达。观点永远都可以被更新。

我经历了一段时间技巧性的训练，这和同龄人写作注重技巧的风气、我做诗歌编辑的职业，以及我的写作天赋不够有关。我会找出很多判断诗歌好坏的切入口，总结出很多关键词，诸如意象、比喻、节奏、结构、原创力、张力、完成度等。我会整合这些切入口，在文本达到基本的表达和美学上的诉求后，再使它们平衡。这是技巧性的写作，近乎于一种科学。对于靠技巧写作的人来说，首先是因为，他不得不依靠技巧。帕慕克在《天真的和感伤的小说家》中写到，席勒评价歌德是一位天才的诗人，随便怎么写，自然流露出来的就是好诗。席勒对此羡艳不已，他是感伤的写作者，歌德则是天真的写作者。但不是所有人都可以"天真"，席勒也不行。更何况像我这样天赋差的人，就只能凭借技巧了。写作几年，开始明白了真正属于写作者本身的、原创性的才华，其他人没这样写过，唯独他这样写，完成度还特别高，且难以效仿。我也艳羡这样的同龄人。相比之下，我没有解决抒情的问题，这使我不得不开始放弃抒情而开始侧重叙事。

而对于以前经常会遇到的同质化的质问，今年开始慢慢变少了。在做编辑的几年中，我交上去的青年诗人稿件，有时会被主编问："怎么都这么写？"有一次，我问主编，您二十多岁的时候，当时青年诗人的创作生态，有同质化的问题吗？得到的回答是没有。现在看来，几年时间内，因多方原因而流行的写作风潮，溃散得比意料中快。离开了校园和小圈子，很多人停止了写作，剩下的人可以清除很多预设，也包括写作同行们给予、加持的预设，或者说幻觉，而重新获得相比之下较为清晰的判断力。再加上工作后，现实经验被撑大许多；加之写作几年，有追求的写作者自然会面对同质化的焦虑，开始寻求原创力。于是，同质化的命题便从内部开始消解了。

还有写作与时代的关系。很多人说我们这一代人的写作和时代没有关系。说写诗的，不写政治，不写现实主义，没有社会责任感和参与感；说写小说的，和时代脱节，还停留在农业时代、前现代。我以前庆幸诗歌这种短小的文体，可以在故事或情绪发生的一刻快速反应，将即刻的感受闪电般地表达出来，非常有效率，且直面当下。我最开始写诗时，野心勃勃，认为什么都能写，什么都可以入诗。而事实是，写作慢慢变得"成熟""规范""规训"，于是也在慢慢妥协，还是有很多东西不能入诗，或者说，自己写不了。这只是韦勒克"文学内部"的妥协，外部的妥协会更多。而时间会把一切当下变成过去，一切前沿变成过时，何况归结到本质，文学是写人，而非写时代。于是也将这层关系放下，没有了这方面的野心，卸掉负担，变得稍微纯粹一点。

希望我以后能做一个"不正确"的写作者。

熊森林，男，1990年生，现居北京，供职于某出版社。作品发表于多家杂志，入选多种选本，获"紫金·人民文学之星"诗歌佳作奖等。发起南京青年诗人群展、押沙龙短篇小说奖、南京小青年写作计划。曾在《锺山》发表诗作。

文学：我的主张

第五届（2018）《锺山》全国青年作家笔会

我理想的写作状态就如同飞翔

三 三

前几天,我在齐奥朗的《解体概要》里看到一种说法。

一个人所忍受的痛苦,若具备明确的特质,他就无权抱怨。因为他毕竟还有事可做,大痛大苦的人从来不会倦闷:痛苦占据着他们,就像悔恨滋养罪人一样。这种剧烈的痛苦会引出一种充实感,让意识无从规避。

这段对于大痛大苦的描述之中,还提到了一种叫作倦闷的小痛苦,那是一种没有材质的痛苦,不给意识任何压力,以迫使它采取任何积极的行动。相比之下,这种倦闷才是我们日常生活中最常见的痛苦,它是没有反作用力的,更像是大病过后那种疲惫的感觉。

如果要说到我最初写作的动机,其实被这段话隐晦地概括了,我就是想通过思考与归纳,把对世界的一种不痛不痒的厌倦扩大,转化成一份更有质感的痛苦。

这可能是一种非常个人化的思维方式。

我本质上是一个对许多事情不怎么在乎的人,也无法从社交中获得太多乐趣，相对来说比较被动。而痛苦本来就是比较适合被动的人的一种情绪，因为和欢乐不同，它是不可逃避的，它生来就成了一个问题。所以我一直借助更极致的痛苦环境，逼迫自己去思考，去修复它。

这种痛苦其实多少带有被塑造的成分，等我意识到这一点的时候，为了保持自我守恒，我也开始塑造与其对等的情感。所谓塑造，对我来说，就是切换各种视角并体会他们的感情，比如模仿世人对自己生活所持有的那种重大感，吃个网红蛋糕就感到高兴。这些情感对于我的本性来说是不真实的，甚至是排斥的，但对于我这个尝试的载体而言，它又是非常真诚的。

在这个时期，因为塑造情感对我来说已经变得非常容易，所以我更倾向于寻找……往大局上说是寻找一些客观的规律，往个体、往细节上说是寻找一个行为背后的逻辑和动机。

在此基础上，我再想到去做一些突破常规的写作尝试。

比如说，因为我之前是知识产权律师，工作非常忙，每天在写作和工作状态中切换很难，而且也进入不深。那时为了图方便，就试着借助背景旋律去进入情境；当时很喜欢《降临》的背景音乐，在写某一篇小说时，我就反复播放这段与小说内容契合的音乐，近万字的小说大概就写了两天……当然这篇小说也有很大问题，比如其对于同性质的东西联想跨度太大，语言抽象，内容也不够丰富。

再比如说，最近试着用写文章的方法去写小说，自己虚构许多素材，衔接起来构成小说等等。

关于文学主张，我也没什么文学主张，我觉得就是诚恳地吸收足够多的信息，看看别人怎么想，当他人和我观念发生冲突的时候，我总是很高兴，想想对方的逻辑链。然后，我希望尽可能弄明白更多事情，这样才能成为一个多样的、包容的、有思维层次的作者。还有要有意识地避免重复，不管是和同时代作者的重复，还是自我重复，尤其要警惕的自我重复。

最后，我想讲一下我觉得最理想的写作状态。

我很喜欢《大师与玛格丽特》中玛格丽特在莫斯科上空飞翔的画面，"飞翔"就是那种状态，它非常浪漫，不受制于任何限制，既有跃于常人的视角，又不借助任何具体或抽象的支点。写作者内在的自由与充沛如同一种辐射，旁人除了受他们影响之外，不会和他们产生任何庸俗的、无意义的关联……但这是不可能做到的，因为它只是一个瞬间。

三三，女，1991年生，青年作家，作品散见于《花城》《上海文学》《One·一个》等杂志，著有短篇小说集《离魂记》。现居上海。

他的文学主张

王莫之

比起文学,他对音乐的感情更深。成家之前,他大概每天要听十几张专辑,收藏黑胶唱片达到过三千余张的峰值。他就是在这种环境下开始小说创作的——音乐作为一块背景板被他的妻子愤怒地称为污染源。除了传统的古典音乐、昆曲以及一部分港台流行音乐,妻子对他听的唱片通常只有两个字的评价——噪音。

感谢婚姻,他所有愿意发表的小说都是婚后的产物,二十几个短篇,两个长篇——目前就是这样,壮大的速度非常缓慢,抱着向好小说进化的信念。

从赫尔曼·布洛赫到昆德拉,都将"发现"提升为小说安身立命的法宝,发现唯有小说才能发现的东西,换言之,没有发现的小说是不道德的。昆德拉的四本文论带他走近小说的艺术,书中的很多观点如同灯塔。回顾自己的写作,是否每个作品都有发现,他表示怀疑,但是这种挥之不去的沮丧不会影响他对灯塔的向往。内心的光亮指向都市的边缘和角落，哪怕只是探究或记录，总有一些东西吸引他去写，文论也照旧在读，譬如这两年对詹姆斯·伍德的敬重。

阅读文论还引起了一种晕眩。陀思妥耶夫斯基在纳博科夫的《俄罗斯文学讲稿》里俨然是一个三流小丑，但在纪德的"六次讲座"中却是唯一与神对话的作家。那么多导师站在不同的经纬度试着对好的小说下一个定义，小说艺术的时差加剧了他的自我怀疑，渐渐地，随着退稿的增多，他觉得自己孜孜以求的与其说是好小说，不如说是他喜欢的小说。他想起保加利亚球星迪米塔·贝尔巴托夫。作为前锋，贝尔巴托夫也许是足球历史上最懒散的进攻利器，跑动少、拼抢少，几乎是走着踢球，但能进球，进很多球。摧城拔寨之时，这种风格被球迷们视为"潇洒"，但是，一旦无法为球队做出贡献，所有的一切就成了缺点，被无限放大。

小说要比足球更复杂，不能如此简单地二元论。他相信，如果纳博科夫还活着，会为贝尔巴托夫站台。在《文学讲稿》里，纳博科夫说过这样偏激的话："风格和结构才是一本小说的精华，伟大的思想不过是些空洞的废话。"他认为此言过激，只在后半句。

他不知道该如何克服怀疑和沮丧，还有恐惧，但他的键盘仍在敲打上海，那个上海是倾斜的，就像上海人的身份证号码，是以310开头的，在足球的世界，3意味胜利，1意味平局，0意味失败。那是一种心理层面的现实，它在倾斜，不断倾斜。310也是他的第二本小说集的名字，它由十四个短篇和一个剧本构成，最近，出版社的编辑帮他做了一些删改。他看了之后，比较抗拒。

"期刊上都发表过啊，没问题的。"他说。

"还是删了吧。"编辑坚持。

于是，作为背景板的那些环境描写消失了，就像一堵密不透风的墙被凿出了一道道缝隙。作者借此给看不见的读者塞了一些小纸条。

三月中旬，他听了一堂课，讲课的向台下发问："为什么你们这些青年作家在时政方面都缺少态度，显得漠不关心？"

是呀，他也这样责问自己。好比说微博、微信这些社交平台，他是能不表态就不表态，这不正是小说的艺术吗？

还有一位老师，在晚饭之前要求他回答一个奥威尔式的问题：为什么写作？

他想起伯格曼的电影《犹在镜中》。影片发生在一个与世隔绝的小岛上，一套封闭的房子里。片尾，儿子痛苦地问身为小说家的父亲："上帝在哪里？"

父亲对儿子说："只要爱还在，上帝就在我们身边。"

他不是一个基督徒，也很反感任何形式的布道，但是，那句台词，让他想了很久，仿佛是一个圣徒。

王莫之，男，1982年生，乐评人，2007年开始小说创作，作品散见于《收获》《上海文学》等刊物，出版有长篇小说《现代变奏》《安慰喜剧》。现居上海。

顺其自然，拼尽全力写下去

文　珍

第一次被《锺山》邀请来到南京，感到非常荣幸，恰好又赶上《锺山》的生日，在此先说一声生日快乐。我记得最早看到这本杂志，应该是2005年还在北大"当代最新作品论坛"点评期刊的时候。这些年也陆续读到《锺山》很多优秀的作品，感觉一直保持了很高的品质。这次笔会的主题是"我的文学主张"，我觉得这也许可以理解成是一个更大更宽泛无具体所指的创作谈。其实我国很多的当代作家都曾经被诟病创作谈写得比小说要好。后来我就变成一个越来越害怕写创作谈的人，怕自己也是所谓的眼高手低，志大才疏，太擅长形而上地聊小说何为，未必真能把小说踏实地写好。昨天在苏州诚品书店，还和鲁敏聊到，她认为每个人生阶段对创作的看法都不一样。我觉得这种按阶段来划分写作状态，有一定道理，但也有点绝对化。虽然每个人的年龄都像树的年轮一样不停地增长，但有可能树种根本不同，任何年龄的形状都是不一样的，长的叶子开的花结的果味道都不相同。

有些树天生是香椿，有些是桂树，有些是苹果树，有些则是芒果树。就我自己而言，我觉得每个人的创作理念，也即文学主张其实都很好地藏在自己的作品里面，如果想知道这棵树是什么树，只要看一下叶子、花形，尝尝果实就知道了。因此我就大体讲一下我到现在为止出的三本书。

其实也蛮容易归纳的——虽然我已经这么老了，但是到现在也才出过三本书。第一本书《十一味爱》，可能那时候从来没有出过书，更多的诉求是希望被更多的人看到和接受，而且也希望去挑战尽可能丰富的领域，让大家认可自己有从事这个职业的基本天赋，就此领得一张进入严肃文学世界的入场券。书的题记里写："《桃花扇》里的唱词道，'暗红尘霎时雪亮，热春光一阵冰凉。'但愿自己能写出生命里的暗和光，又写出那况味的热与凉。"总的来说，这说法完全是一种文艺工作者的自我期许，也可以说是一种美好的个人意愿，究竟做没做到，唯有读者才有发言权。第二本书的名字特别骗人——《我们夜里在美术馆谈恋爱》。因为是在中信出版社出的，因此虽然不是畅销书，也有机会忝列各大机场的中信书店，有很多人看了书名以为是一个特别小清新的文艺爱情故事，买回一翻非常生气，完全不小清新，甚至和爱情的关系都不大，简直就是反文艺和反鸡汤的。尤其是同名的这一篇，想看爱情故事的人会更加失望，因为有关二十世纪八十年代末的一次著名事件，是一个即将赴美读书的"80后"女生出国前的最后一夜，怅然回望自己的祖国和时代，无法不提出的迷惘和追问。她为什么一定要在接近而立之年出国读书，其实也是因为始终解决不了个人信仰和外部世界的冲突；即便有一个稳定的男友可以步入婚姻，也依然无法留下过柴米油盐的生活。或者毋宁说，这本以"谈恋爱"为名的书其实是"80后"的"准风月谈"，这里面也藏有我自己对历史家国的某种切肤之痛。"80后"经常被认为是缺失社会责任感的，因为"余生也太晚"——现当代的很多大事没有赶上，仿佛注定被历史的滚滚洪流抛弃在日益空虚的消费主义时代。但就像刚才朱雀说的，一个时代有一个时代的文学，哪怕什么了不起的大事都没有摊上，但我们在这样一个时代努力地活着，本身就是一种最大的真实。这一代"80后"年纪都不小了，很多也早都成了社会的中坚力量，面临结婚生子赡养老人的诸多现实；其次，我们也是受计划生育政策影响最完整的一代人，这个政策几乎贯穿了从1980年到1989年的整整十年，当然也包括少数"70后"和后来的"90后"。中国社会供需关系和传统价值观的改变，城乡差距日益增大，阶级固化渐趋严重，这种种嬗变都集中体现在我们这一代中。最后，我自己的经历也可以说具备某种典型性：出生于湖南娄底，是内地的三线小城，而且还因为附近有锡矿钨矿二十世纪七十年代末才建市，和葛洲坝、石棉一样都属于文革后的新兴工业城市。然而建市没几年，沿海特区成立，地方发展差异越来越大，商业和第三产业发展迅速，采矿业和重工业已经很难成为一个城市的支柱产业了。这时我爸爸成了我们地区第一个吃螃蟹的人：辞去电视台台长的公职，下海创业。而他偏巧是一个根本没有生意才能的人，也就顺理成章地成为了我们那个地区第一个宣告破产的有限责任公司老板。随后他远走深圳，紧接着我妈和我也跟着南下，一家三口都来到了特区从头打拼——听上去非常励志，其实也就是深圳成千上万个苦乐参半的移民家庭中的普普通通的一个。后来我到广州读大学，又考了北京的研究生，留在北京工作，成为了无数远离父母留在北上广打拼的上班族，而这也是众多学生极为常见的选择。因此，到第二本书我就开始想，也许可以试着替自己所在的这个规模巨大的群体代言，以小说方式探讨留在大城市的受过高等教育的青年如何被日新月异水涨船高的房价紧扼住咽喉，须赚取远高于维持生活所需的工资才有可能买房，买房后又必须省吃俭用还房贷，甚至为了让两个家庭齐心协力，步入婚姻也越来越早……房子如同大山，年轻人在千斤重压下越来越难以自由地发展个人价值和追求个人爱好，失去了生活本身所需要的智性之美。但是事实上，这本书出来后，很多读者还在辨识我作为写作者的个人风格和题材偏好，而并没有真正认可我的代言。也就是说，我自以为的替集体发声，其实还只是在有限的样本库里取样，或许能得到若干共鸣，却未必是如前所希望的最大公约数。这件事足以让我痛定思痛：哪怕一个人看似面临和所有人共同的困境，可是困境对个人造成的影响也是千差万别的。不同人的理解也全然不同。而某种共性之外,有没有更复杂的个人境遇?理念先行究竟伤害了什么?宏大主题是不是比感情题材更重要?我意识到,倘若要碰触这样野心勃勃的题材,自己的很多准备仍旧不足,挖掘得也还不够深,至少对于自己所在的群体的,还是太流于表面。我所了解的,最多不过是和我一样受过高等教育、原生家庭又有迁徙背景、常年为房子所苦的少数年轻人。其他比如说选择留在中小城市工作的"80后",选择出国定居的"80后",原本就在北上广州出生的土著"80后",每个人看待房子这件事的心态都不相同,处理方式也便不同。而"参差多样乃人类幸福生活之本源",应该书写的是多样性,而不是把个人际遇夸大成普遍性。因此,到出第三本书《柒》时,我就开始学做一个更耐心也更诚实的书写者,把目标定得小一点,切入口也许反而更深。曾经写过一段话,想放在第三本书的封底,但最后还是拿下来了,怕阐释自己的小说太多不好。但这里可以读一下:

> 在这些年的小说里,我渐渐放弃对时代镜像的归纳和解释。写作者对重大题材有意为之的靠拢,也许是一种更可疑也更易充数的"政治正确"。一个人需极尽艰难才能够稍了解自身暗昧,遑论各不相干的"世界",形形色色的他者。倘若对情感之微都难以确抵,又何谈郑重恰当地对待历史之大。因此,或许唯有从最熟知的生活

入手，夯实每一个细节，才有可能稍微触碰到一点隐藏在日常褶皱里、被熟视无睹的时代的秘密，以及少数人类样本的真实。

也就是说，我开始回头，向内，转身。

路上偶然撞见自己，不胜惊诧。

还是在诚品书店，骆以军说看了《柒》，觉得我的书写相当"向内"，是门罗一类的书写者。这话当然是谬赞。但他之前完全不了解我的写作脉络，那么这评价也许说明第三本书的目标部分达到。到第四本时我的想法也许又会不同，会重新尝试书写离自己稍远一些的群体，和尽可能远离舒适区，多尝试其他领域也不一定。反正写作就是一个不断折返跑、不断迷路，每个时期都会有每个时期的固有局限的过程。而我，其实也不知道自己这样的一条路径到底是螺旋式上升还是螺旋式下降，就姑且顺其自然，同时又拼尽全力地写下去。谢谢大家。

文珍，女，1982年生，青年作家，作品散见于《人民文学》《当代》等多家刊物，已出版小说集《柒》《十一味爱》《我们夜里在美术馆谈恋爱》，台版自选集《气味之城》，历获第十一届上海文学奖、第十三届华语文学传媒最具潜力新人奖等。现居北京，任某出版社编辑。

我心目中的文学

朱 雀

什么是文学？什么是文学的本质？说实话，我几乎没去想过这样的问题。原因一是我自己可能回答不上来（至少回答不周全吧），二是一千个人可能会有一千个哈姆雷特。我不好说这样的发问到底有无意义，就像有人向一个画家提出类似的问题："什么是绘画？"或者问他"艺术的本质是什么？"因为确实，像这一类的问题，很难给出一个大家都认可的完满答案，用通常的说法可能是，一时代有一时代的文学；换一个角度回答则是，文学的进化发展有可能会是我们难以预测和想象的——尤其是在当下这个自有人类文明以来来变化最为剧烈的时代。对此我只能这样说，与其殚精竭虑地去操心上述文学问题的答案，不如让我们直接去投入、感知、接受、理解那些已有和将有的伟大作品，无论文学是什么或者文学的本质是什么，我们都可以从巨人们的精神、灵魂、思想乃至感官的展示呈现中获得理解与思考。

关于写作的动力，以一个写作学徒目前的认知来说，比较认同乔治·奥威尔所说的几点，那就是：自我表现的欲望；审美热情；对还原事物本来面目的期待；还有改造世界的作用。我以为，写作的乐趣是可以从文字里寻觅一份属于自己的自由，包括倾听自己内心的声音，捕捉自己繁杂的欲念和妄想，通过宣泄、平复发出来自生命内部的原始冲动。当然，对一个个人化的语言世界的创建也是非常有意思的，因为无中生有的想象创造乃是生命与生俱来的本能之一，而且或许这是最重要的本能。

在我的童年记忆里，文学就是一片背影，淡黄的灯光下，母亲一个人在梳妆台上伏案写作的场景。那时的我对此当然不可能有很清楚的感知，它只是源于好奇，随后行于模仿——包括对动作或姿势的模仿。我开始尝试记述日常的快乐、苦闷和迷思，无中生有地想象梦幻奇境，大千世界。语言世界里的自由无碍天马行空令人兴奋，记录与想象，现实与虚拟，日常与梦境，过往与未来——一切可能不可能的都在这里交会相遇。现在回头看当时的写作行为，那既是一个儿童的本能模仿，好奇心的诱发，不可否认也是内心情绪的释放乃至无意识的创造。往下，尽管随着时间推移，我的日常生活和身心状态都发生了很大改变，但我仍然认为这是一次幸运的际遇——童年自发性写作时的率真、简单与自由，几乎是不可复现、无法追溯的。

最初的写作始于好奇，然而写作肯定不止是展现一些奇景，而是对人与世界的探究，是"制造一个鞘套，一个模子",让人、事、物适得其所。在语言的领地里,作者可以是无所不能的造物主,但落实到写作上,首先必须面对材料的选择,其中细节的选择又是重中之重——正如卡佛所说,要尽其所能地投入到对生活的这一瞥中,充分调动自己的才华,通过使用清晰具体的语言,让细节变得生动。

那么,写作或者说文学到底有什么用呢?说肤浅一点,文学可以用来娱乐消费打发时间,说高级一点也可以陶冶情操,抚慰心灵,让精神有所依托。王小波曾经说过:"我最想做的,不是提升别人的灵魂,而是提升自己的灵魂。"文学是很综合的东西,你可以说它缥缈无用,但是它也有其无用之用,它是人类的一种软需要。每个人都可以在其中找到属于自己的意义。我们可以说文学是知识的润滑剂,虽然没有文学,人们依旧能依靠一本一本的政治历史书去认识这些领域,但是对于普通的人而言,他们不是专业研究者。这时文学或者说整个艺术领域,在功利意义上是在帮助一个人去用比较轻松的手段理解世界。这样的文学是一种人类常识的灌输与巩固。

在今天这样的时代,互联网和各类数码产品正深深地影响着我们的阅读习惯和内容,对于一个严肃文学的写作者来说,书写的道路会更加艰难。随着年龄增长,成人社会的嘈杂喧嚣一天天入耳,生活在这个快捷的速食时代,阅读和写作至少让我不那么浮躁,就像在烦闷的暴热夏季,能够独自沉入内心，享受一份难得的荫蔽与清凉。能够写作，被自己笔下的文字取悦，是一份幸运，希望能够继续写下去。

朱雀，男，1993年生，青年作家，小说散见于《人民文学》《山花》等刊，诗歌散见于《诗歌月刊》《诗刊》等刊，出版有长篇小说《梦游者青成》《轻轨车站》、诗集《阳光涌入》，曾获"巴蜀青年文学奖新人奖"、《诗选刊》2009·中国年度先锋诗歌奖等。现居重庆。

起源、现实感、虚构与整体性

刘 汀

1

通过回溯记忆，我可以找到一个较为明确的文学起源，我把它称之为"抵抗黑夜"。这个词并不是隐喻意义上的，而是实际意义上的。在我的童年，黑夜占据着劳作之外的所有时间。在十岁之前，我所居住的村子里都是没有电的，人们夜晚照明用的是煤油灯，而煤油需要用输液瓶到供销社去买，还定量。因此，只要太阳落山，黑夜就会笼罩整个村庄。我所能拥有的抵抗黑夜的方式，就是听爷爷讲民间故事。后来，一个叔叔去外地打工，回来后带了一个收音机，黑夜开始有了"异质性"的声音。每当电波传来的声音响起，整个夜晚都被赋予了无与伦比的魅力。我听到了单田芳公鸭嗓讲述的评书，听到了电台里美妙的歌曲，听到了迷人的长篇小说联播，这一切都在启发我：在所见即所得的乡村世界之外，还有一个更为广阔而迷人的世界；在我们所知的现实世界之外，还有更为让人沉迷的虚构世界。

我必须承认，这些声音和爷爷讲述的民间故事一样，让我对乡村的黑夜产生了某种依恋。我开始盼望着夜晚的降临，那意味着我对"文学性"最初的饥渴和满足。然而，快感并非只来源于满足，恰恰来源于欲望的几何级数增长。那些故事、故事里的侠客和人物，搞得我心神不宁，夜不成寐。他们借助黑夜的掩饰，在我的脑海里互相串戏、彼此勾连，潜伏成我最初的文学底色。

读高中时，这个欲望捕获了其他的食物——武侠小说。我读遍了小镇上所有的租书亭，白天上课，晚自习后躲在被窝里，用手电筒的光芒看完了金庸古龙梁羽生黄易卧龙生。多有趣，同样是在黑夜中，被一束光明印象虚幻的故事。我幻想过自己是书中的武林高手，但更直接的幻想是自己就是那个讲故事的人。就是在这种冲动下，我写过一个几万字的武侠故事，这可以认作是有关写作的漫长起源。

这个起源的关键词是：虚构。

2

总有人在宣称"现实主义"已经过时，也总有人在坚持"现实主义"，他们争论的焦点有时候是"现实"，有时候是"主义"。或许我们可以对这个词本身做一点改变了，比如给它加一个"感"字。文学所要反应和提供的，绝非是一种现实事件，而更应该是一种"现实感"。所谓"现实感"，可以认为说我们的精神和思维对于现实所形成的感受、认识、理解、表达。现实和现实感并不难区分,一句"何不食肉糜"的傻话即可令二者形象立判。对于身处高位的国王来说,没有粮食完全可以靠吃肉糜果腹充饥,他并非真正不懂底层的疾苦,而是对他的现实感来说,事实就是如此,在他的主观经验中,肉糜和粮食并没有差异。甚至可以极端一点说,我们的现实感更多地是通过叙事性的方式得到的,而并非现实世界。比如,去年曾引起全社会关注的幼儿园虐童事件。除了这些事件的具体当事人,幼儿园虐童对绝大多数人来说并不是一种"现实",而是媒体报道、网友爆料、官方发布会、小道消息、处心积虑的谣言以及我们内心无意识的恐惧等集体构造的一种"现实感"。

同样,不论是同时代人或将来的读者,能从我们的文学中获得的,也不是一件具体的事,而是对曾经发生的事情的遥远感知。对于人的精神来说,这个世界是通过现实感来建立的。我们无法想象,一个从小生存在山野、从未知晓手机这种事物的人,能感知它的必要性。当然反过来,那些每天沉迷于手机游戏的人,也不会知道追一只兔子并逮到它的乐趣。除非有作家和艺术家来提供一个足够精致的文本,精致到能让读者像主人公那样去感受生活和世界。所以,叙事能力将是新时代的核心能力。信息不再具有唯一性和权威性,所有的信息都被叙事化。而叙事所要抵达的彼岸绝非故事本身,而是故事所提供的"现实感"及其衍生。

3

小说应该回到它的虚构性,回到它对于虚构本质的追求。强调虚构并不是对现实主义、对现在的传统手法的一个反驳,反而恰恰是在现代主义的思维下,进行现实主义的创作。我们不可能像巴尔扎克、托尔斯泰那样去写小说了,因为我们现代人处在一个被隐喻、象征、符号包围的世界,整个社会的思维都是这个状态,人类只有借着镜子看清自己的影子,这个镜子就是隐喻、象征、虚构和符号。

小说也需要整体性。作为一个职业编辑和读者,我读到的大部分作品,都过于执着于描写日常生活的精细幽微,我们甚至义正言辞地回避宏大叙事,认为那不过是一种空中楼阁。在我看来,这是一整代作家的妥协和懦弱,是对写作责任的部分逃避。所谓宏大叙事不一定是史诗或大部头,而是在构思和结构上要有整体性,即便只是一个短篇,也必须有一种"关心全人类"的底色。因此,我们需要具有整体性的文学表述,这种文学表述其实对于整个文学和我们认知世界来说,不管是正确的还是错误的,都提供了一面新的镜子。

在以上二者基础上,文学的边界既有必要强化和清晰——必须是纯粹的艺术性或者诗性,同时又要延展和扩大。或者我们借用索绪尔语言学的概念,文学应该像语言和言语一样有两个层面，一个是类似于言语一样的泛文学，一个是类似于语言的纯文学。广告、报道、公号、图画、身体语态，甚至理论著作，都可以作为泛文学的内容，但这些内容只有进入到清晰的文学系统，才具有文学的本体意义。

4

因此，我理想中的当代小说，就是那种用现代主义的叙事方式写出真切现实感的作品。我希望自己能写出这种小说。

刘汀，男，1981年生，青年作家，出版有长篇小说《布克村信札》《青春简史》、散文集《别人的生活》《老家》、小说集《中国奇谭》。曾获新小说家大赛新锐奖、第39届香港文学奖小说组亚军等。现居北京，任某杂志社编辑。曾在《鍾山》发表组诗《一瓢海水》等作品。

文学的画皮与瘾癖

刘国欣

我的写作面对我个人，因为我自身就构成一种现实。对外而言，乡与城，贫与富，贱与贵；对内而言，厌倦与热情，消极与积极，踌躇满志与心灰意冷……文学的纪实与虚构建立在这一切之上。

写作于我，对外是画皮，对内是瘾癖，更多是一种内心活动，是独自的呻吟，是对我自身生活的省视和审判。没有多大野心，亦没有想过为时代代言，最多只能是自身，而生命在很多时候，也不过是一声呻吟。处在这个年龄，三十岁上下，不老也不再年轻，生命刚刚展开但新鲜早已结束，可以死也可以不死，而活着，势必去占有一些社会资源，毕竟上有老下得养自己，还可能有未来的一代，属于"攫取"的年龄。"攫取"固然会有一种成就感，但更多是羞耻感。年富力强的年龄，脸上写满平庸的"大志"，对着人群要慷慨激昂，时不时因为生活需要，尤其我自身是一份教职工作，得指点江山，内心即使很孱弱，也得戴上这副画皮，一边羞耻一边继续。

对，是画皮也是瘾癖，这样说像是一种巧妙的逃避。文明问答里一种彬彬有礼的热情，这两个词制造了一种贫乏的内在激情。其实我只是在温良恭俭让里想到用这两个词替代我真实的感觉。

画皮，大家都知道。有个作家在他的小说里说过文学可能是一部分人往上流社会爬的画皮，他在那本书里勾勒了太多文学恶棍，我曾经对号入座，看得颇为汗颜，但心里知道，自己亦不过如此。所以画皮没有什么解释的。——做出解释也让人觉得耻辱。瘾癖，我喜欢这两个字，比孤独、渴爱、对抗等更有温度，更激进，含有一种风险，仿似"性病""毒瘾""通奸"……这些情况在生活里并不少见，甚至写下就已经带着一种焦虑和狂躁，我喜欢这种词语制造的深渊，很安全。比之具象的生活，这一点也不算什么。写作是种瘾癖，不是所有人都这样，这两个字太过可疑了，必须悄悄地用手挡起来才可以说出，甚至，一些人一辈子都会去否认。瘾癖可以算一种疾病，可能终身无法痊愈。患了这种疾病的人，血液、心脏以及神经都会改变，变得纯粹而单一。你即使保持与众不同，谨慎、小心地注意让自己的言行举止不要过分，但你会深刻地清楚一种内在现实。你不想让人看出你内心的隐藏，甚至你也要骗过你自己。不能不说，你可以平和，一本正经。如果你是个教师，你甚至还可以当着学生的面一堂课又一堂课地滔滔不绝,展示你"良好的修养和渊博的学识",用以让他们对你信服……但你知道,早就不是那么一回事了。——我可以这样说吗?文学没有那么高尚的,就像爱情,一边亵渎一边忏悔。情况就是这样,对内满足私欲,对外展示画皮,看似隐藏而实则一览无余。我不喜欢说谎,必须诚实,每一个字都是为着向自己表忠诚刻下的。

广场、坟墓、纪念碑、垃圾场、博物馆、农场(劳改农场)、档案……愤怒、悲伤、感恩、谢谢、宽容、原谅、虚无……刘、国、欣……词语的组合以及标点符号,都在制造它们的诅咒或歌唱,我们随时可能掉进字词的裂缝,所能说出的有什么?我在乡间长大,山居生活过早教会了我独自呻吟,也教会了我反抗与放弃。写作就像写遗书,省视世界与内心,水流过来,从我身边又流走了,可能溺死,却发现被冲上岸,一次次。尤其对于女性,写作往往局限在河岸而不是河床,成为一种生活的装饰。对此真是抱歉,我喜欢白描而不是工笔,不喜欢稀释。

晴窗过雨,虫子聊天,鸟兽起床,先人在山洞里整理骨头,此刻,我的窗外缓慢地荡过一片云,那朵云上载着一张脸,云卷云舒,不见了。我必须写下这种感受,前面说了,就像写遗书。在书写里,似乎哪个方向都可以前行,似乎什么都可以说出,人生需要这种虚幻感,仿佛一种审判。

前几年在南京生活,经常坐地铁,那是我有生以来最密集坐地铁的几年。从仙林到新街口,再从鼓楼到仙林,地铁里清凉有余,一张张脸显出湿漉漉的渺茫,尤其是早晨,整洁的花瓣般的脸孔,写满冷漠。这场景总让我想起乡间的生活,似乎是另一世,村庄不大人很少,每个人都可以叫得上名字……地铁里坐在我身边和坐在我对面的人,离得很近,却教会我什么叫人山人海。不是对比,没有哪种好或哪种更差,突然之间,你想起这两种不同质地的生活,怅惘,似乎喘不上气。小而碎,说出来都觉得羞愧,宏大像一种征讨,对此我是无能的。我喜欢小而温暖的事物,比如每天傍晚下楼去看楼下宠物店橱窗里的猫,比如雨后高楼上望见秦岭上空的彩虹,比如整个下午观看一片打散又凝聚的云朵……这些也要写下呀,如一种屠杀,如一种搁置,如一种隔绝,无差别地写下。

一种时代的绝望潜伏在我心里,也许是我内心的绝望,湿漉漉的,早晨和傍晚的地铁,穿行在黑暗隧道的地铁,仿佛一群人彼此独自走在沼泽地。写文字也是这感觉,是写在水上的,湿漉漉的,隔着玻璃窗行过去的。生活的义务,写作的虚荣,在阐发文学主张的场合里说出来,也显得轻飘飘的,说什么都统治不了对文字的瘾癖,就像一种暗示,你知道你躲在这种空无里避难。你即便逃得过空间,也改变不了时间。写作是对具象生活的逃避,或者可以这样说,生活中的美好太过短暂而生命太过漫长,通过写作可以实现对那些美好的"续费",是对过去的一种招魂,对未来的许诺。

写作是对生活中不能实现的生活的逃避,也可以说是一种实现。天亮了没有做梦也没有死掉,几乎每天起来拥有这种感觉,深度无聊,还没有勇气挂于东南枝,那就写下去,因为在写作中你可以生而又生,或者死而又死,可以不断团聚又不断分离。

曾经写过一句话:"你与你共存,像一个窃贼,一场偷情,你什么都没有得到,你又似乎全部得到了。"如果这可以算是文学主张,前面的尽管抹掉。废话连篇,自身亦不知所云,主张如同主义,充满呼号和讨伐,而我只想隐匿,在文字的废墟里堆砌坟茔。

刘国欣,女,1985年生,现任教于陕西师范大学文学院,热爱创作,以教书写作为生为乐。出版有作品集《城客》等。曾在《锺山》发表非虚构作品《次第生活(六散章)》。

文字里，泛黄、闪烁、前人的声音和自己的声音

杨 怡

普鲁斯特的《追忆似水年华》中说：那本书像梦一样搅得我们心绪不宁，这比我们睡着时所做的梦要清晰明朗些，也留下更多的回忆。

的确，为了和前辈作家一样优秀，我们大量阅读，希冀靠近他们的智慧，在遥远的时空中寻找逝去的记忆。

我现在在写的是旅游文学，和乐途、途牛、携程这些旅游网站合作，也会跟《中国国家旅游》《中国国家地理》这些杂志合作，获得国内各个景区、国外的旅行赞助，以散文游记的方式把所到地方的见闻写出来。走得越多，越感觉有正能量和感染力。而我本身也相信文如其人，一个人是不是有能量，他的文字会有所反映的。创作的时候认真创作，写完以后通过互联网和新媒体去传播。当然我们年轻的一代也有责任和义务提醒自己，网络传播的是我们的作品，作品的背后应该是我们不断完善的价值观，是自己这个人的社会形象和职业操守。

现在二十八岁的我，去过非洲肯尼亚最大的贫民窟基贝

拉支教，在核爆炸三十年以后走进乌克兰切尔诺贝利核电站的核辐射区亲眼去看去拍灾难后的遗迹，在冬天零下二十度的晚上去拉萨的圣湖纳木错湖岸看星空。走完五大洲二十多个国家，见识了它们的文化特色，我重新再去思考自信，或者先谈文学自信，或者再先谈从镜子里看到的自己的眼睛。我发现我不会那样天真了，我更加把天真当成一个中性词而不是褒义词，我仍然是天真的，但是那是一种肯接纳平凡的天真。这个世界是有历史的，而历史是有苦难的，我觉得我现在的天真里可能还有些忧愁和忧伤。我忧伤，是因为我看到了太多我没有能力解决的问题，例如非洲的高温，那里漫天灰尘，孩子们的黄热病和艾滋病，还有无可救药的贫穷。我记得在肯尼亚支教的时候，听到的很多孩子的经历简直就是和听天下奇闻一样。我所在的那所地势特别低的学校，天天都有积水，要穿雨鞋去上课，有时下大雨，会将整个学校的桌椅都淹没。积水里还有蠕动的蚊子幼虫和昆虫幼卵。这只是我的一段体验和经历，而对于那些孩子们呢，他们整个童年和青春期都在那里。他们问我中国的孩子是怎样的，喜欢吃什么、玩什么、听什么音乐，他们说他们很想来中国。与渴望去发达国家相比，他们更渴望来中国，因为我们身上有一种无私付出的精神，我们对他们付出真情……我忧伤，是因为内心深受触动。反观自己的文学创作，想到自己从前在家、在舒适的区域、在自己书房的桌椅边轻松地写。我发现我此时拥有的天真,是更加美丽和可爱的。

我试图通过文学找到一种与世界对话的权利,和这个社会,和文学本身,和各个国家、各种历史对话。

我觉得文学是默默无闻的人用文字这种方式表达只言片语。我从小的个性是比较内向和敏感的,所以我就在找一种不需要太外向的方式来表达自己。而且要可以倾诉在生活中面临的很多苦恼。既要把苦恼表达出来,又不让自己和读的人陷于消极悲观,而是提炼成一些思考、一种境界,这就是和文学接触越久越有的使命感,而不仅仅是表达自己了。

人们说音乐能很快地引发人的感情,有旋律,有娴熟和连贯的表达。但是其实好的音乐背后往往是有好的文学故事在的,就像写《康定情歌》的吴文季,还有《在那遥远的地方》的王洛宾。我们写下一篇文章,文字里也是有声音和旋律的,那些声音更小心、更专注、更慈悲,更能够创造共鸣和奇迹,更能够告诉我们自己是谁,是文学领域里,将心灵的语言翻译成文学的语言,一直都在进行的一个声音,一段旋律,那么彻底和永久,最后吸引着我们闻声而去到文学和自己内心的最高殿堂。

杨怡,女,1990年生,毕业于密歇根州立大学新闻专业,上饶师院文传系客座教授,《三清媚》杂志社主编,网站专栏作家。以中英文创作,作品曾发表于《人民日报》等报刊,曾获《青年文学》新人奖。出版有长篇小说《回眸高四》等。

我的文学主张

张天翼

关于"我的文学主张",我以前没想过这个问题。最近想了两天,发现我写东西并没专门按照明确主张去写,或者说,我的主张只是像以前那些好作家一样写,好好写,写好,就这样。不过人的能力各有局限,"祖师爷赏饭吃",固然是赏了,有人领赏领到的是五十块钱的盒饭,三荤一素带鸡腿,有人领到的是二十块钱的盒饭,一荤一素,那勺荤菜还是虾米皮炒小白菜。我倒是也想学巴尔扎克,但第一我没他能熬夜,第二我喝不了他那么多咖啡,为了防止画虎不成反类犬,我想我暂时就做一些我能做到的吧。主张其实是一种期望,一种口味上的偏好。如果兔子能对农业种植发表意见,它们一定会主张多种红萝卜,因此即使不以文学谋生的人,身为一个读者,也可以有文学主张。我身体里同样也存在一个读者,她期望看到的是什么?

简单来讲,是有颜色的小说。比如:

菲茨杰拉德的小说是金色的——他的小说像香槟金酱汁,

像自助餐厅里的小型巧克力瀑布,绵密无缝隙,无休止地香滑地流下来,什么东西伸进去蘸一下,没头没脑地就金灿灿了。

毛姆的小说是虾粉色的。虾肉刚煮熟的色泽,那个粉色鲜美得能从眼睛里一跳跳到舌头上,让人想立即给它蘸上芥末和醋,但稍微一放就老了。

狄更斯的小说是红色的,勃艮第红,山楂红,也是下雪天忽然见到有人戴红围巾那种红。

我觉得张爱玲的小说也是红色的。但她的小说的红是人手上冻疮的红,表皮肿胀着,泛着不祥的隐隐亮光。

D·H·劳伦斯的小说也是红色,是提香红,是拉斐尔前派的罗塞蒂画中女人的红发那种丝丝缕缕又旺盛蓬勃的棕红。

普鲁斯特的小说是一种黄,琥珀的晶莹黄,有时是杏和桃子那种黄;还有水仙黄,他继承了华兹华斯作品的水仙黄。

勒克莱齐奥的小说是橙色的,温柔又疲倦的落日橙。

绿色属于王尔德,属于安吉拉·卡特和勃朗宁夫人。王尔德的绿色是矿物质的绿,孔雀石,绿松石,祖母绿;也像半透明的绿水晶,似乎是能透过去看到人影,但也看不分明,有点变形了。安吉拉·卡特的绿色更植物,藤蔓与苔藓的绿,绿得酸涩的青柠檬的绿,绿得发苦的苦艾酒的绿,绿到非常绿的时候,变成带着水藻腥气的冷水池塘。勃朗宁夫人的作品也是绿色的,不过是绣出来的绿,在亚麻布上极细密有致的绿丝线针脚，排列成青草、莨苕叶花纹、树林。

海明威的小说是钢青色的，steel blue，有着纵横的陈年划痕，冰凉，使人镇静。

罗曼罗兰是普鲁士蓝，还有毛呢料子那种自带温暖的藏青色，想把脸颊和手掌放上去。

帕斯捷尔纳克的小说是蓝紫色。雪后的早晨出太阳了，屋子后面阴影投在雪地上，白色上映出的蓝紫色。而厄休拉·勒奎恩的小说里有所有的蓝色，靛蓝、钴蓝、晶蓝、道奇蓝、鼠尾草蓝……

菲利普·迪克的小说是黯紫色的，不是浆果的甜紫，是高锰酸钾的紫，紫到让人心神不宁的紫。

狄兰·托马斯的诗是灰色的，风卷着饱含雨水的云在空中走动，他是云的灰。

安徒生的童话是灰色的，灰鸽子羽毛的轻盈的灰，望着它一路飘落，落到手心里的时候，它就不能飞了。有一次我遇到一种颜色叫庚斯博罗灰，也可以给安徒生。

契诃夫的小说是赭色和驼色的，像松树上的松塔，被无尽的、苍绿的松针围绕着。

罗伯特·安森·海因莱因的作品的颜色是银白色的。

黑色是埃勒里·奎因和赫塔·米勒作品的颜色。奎因的小说是黑丝绒幕布的黑。米勒的散文和小说则有一种煤的黑色，不是已经被赋予形状的蜂窝煤或煤球，是山中刚开采出来的大块大块的原煤。盯着它看,看到黑的同时,也看到黑里面蕴藏着火的金色。

有一种颜色叫雾玫瑰色,misty rose,我把这个颜色献给博尔赫斯。

……

能闭上眼睛想到颜色的小说、诗歌和散文,很多很多,以上只是随手列举,大致排成一个光谱。但有很多作者和小说,我感觉不到他们的颜色和气味,就像吸进了厨房的油烟气,但嘴里没尝到任何东西,肚子还是空空荡荡。我把它们叫作"不好的小说"。

因此我的主张是:写有颜色、有气味、有腔调的小说。

要让读者读完你的作品,闭上眼睛,手指舌头脑袋里一下就泛起它的颜色。

张天翼,女,1984年生,自由职业者,以写小说为生。已出版小说集《黑糖匣》《荔荔》《性盲症患者的爱情》,散文集《粉墨》等,多篇作品被选载并入选权威年度选本,有作品改编成电影,曾获朱自清文学奖等。现居北京。曾在《锺山》发表中篇小说《辛德瑞拉之舞》。

虚构的邀约

张怡微

很多年前在台北,我有一次拜访朱天文老师,在聊到小说的时候,她说,其实作者和读者之间是一种契约关系。然后她谈到了武侠小说。我觉得这个说法很有意思。读者受邀进入一个虚构的世界,我们当然心知肚明这个世界不是真实的世界,然后由作家指定使命和规则,并履行诺言。读者可以选择是否要参与其中。

后来我看《三体》,当然这是一个很漫长的科幻小说。作家也在试图指定三体界的规则,有一个规则和我们写作者有关。就是三体人不说谎,所以他们没有电影,但他们很喜欢看地球人的电影。这揭露了人类的电影艺术与"说谎"有关,说得好听一点当然就是"虚构"。"虚构"显然是有魅力的,这种魅力足以吸引可以碾压我们文明的、更高一级的文明进入到我们的契约中来。这是刘慈欣的意见。

类型小说向读者发出的邀约,因为离现实生活遥远,所以这种姿态要比现实题材来得得体。但现实世界同样可以发出某种神秘的邀约，让作家介入到所谓世态人情或家变世变的叙事中来。

我教书一年半，还是个菜鸟。从前当作家的时候，从青春文学起家编故事，我写过很多校园故事、家庭故事，但我很少追索我为什么会这么做。念完博士以后，我回到母校工作，身份的转变例必带来许多变化。譬如说我自己在写作中遇到困难的时候，已经可以技巧性地绕开了。但学生遇到困难的话，我却必须要想办法给他们提供解决问题的可能性。什么是"可能性"？我们在日常生活里会听说很多很多的故事，有些故事自带话语，也就是自带讲述方式。有一些故事，则会建构讲述本身。

譬如说在小说里建构"关系"，无疑是一种虚构的形式。有一部非常著名的畅销小说叫《教父》，最近还出了新版。如果我们记得，老教父考利昂在小说开篇就彰明自己为人处世的态度："他对谁都有求必应，不提出示弱的借口，说什么世界上还有比他更强大的力量在束缚他的手脚。你没有办法报答他，也无关紧要。但有一件事是必不可少的，那就是你，你本人，宣布对他的友谊。考利昂会把他的苦恼放在心上，为了解除这个人的忧愁，他不会有任何顾忌。他得到的报答呢？友谊。"

而后，小说里出现了六个需要他帮助的人，西西里人在女儿结婚的那天有不能拒绝别人要求的风俗。老考利昂将这些人曾经、或未来寄存的所谓"人情"以预支的方式加以兑现。他执意为这种明确的"交易"命名为"友谊",小说之外的我们,却很容易就能感觉到这种"友谊"不过是一种优雅的说辞。好像他总是彬彬有礼地表示"我会提出一个他不会拒绝的要求",最后却用枪顶着别人的脑袋一样。但《教父》中"友谊"的建构不断加固着老考利昂的权力体系,他并没有依靠威胁,甚至不通过购买,而是依靠权力本身的"吸引力"(庇护作用)获得人间"友谊"。这里面没有什么述"情"的志向,有的只是对于理性和忍耐力的推崇。

在通俗小说中,越是黑帮故事,越是强调友谊。《教父》的"友谊"是提纲挈领式的、是刻意建构的所谓社会秩序。熟悉《教父》的人当然知道,《教父》说的并不是一个友情故事,它也不是专门讲帮派打斗的,它甚至有人性的一面,尤其从麦克的角度来说,有很浓烈的成长小说的味道,好像说的是一个在父权阴影下曾经善良、叛逆的翩翩少年,如何一步一步成为了"真正的西西里人"的故事。家族亲情的不死不弃,基因力量的顽强,要远远胜过所谓呈现"友谊"的企图心。

我们中国人最熟悉的友谊的建构方式是"不求同年同月同日生,但求同年同月同日死",刘关张桃园三结义。关羽在曹操手下时,曹公知其必去,重加赏赐。羽尽封其所赐,拜书告辞,情义至深,摄人心魄。又或是伯牙子期高山流水式的友谊,追求抽象无形的"知音",其实也是沉醉于内心的牵挂。不知道美国文化里有没有所谓"义气",《教父》中我们看到了西西里家族对于美国秩序的抵抗。使得他们建立的"友谊"浮现出真相时,真正打动人的却是所谓"一个人只有一个命运""不要让别人知道你的想法",这些"意见"均指向孤侠,而不是"交换"而得的信任和情义。它建构的"友谊"并不是真正的友谊,而是一种以"友谊"命名的秩序。同样是黑帮故事,电影《美国往事》中呈现的男性秩序则表现为友谊名义下的争夺。争夺的结果,居然是无耻之尤总是忘不了侠肝义胆。他们的友谊通过背叛和丧失而壮丽地呈现出来,与此同时,友谊也表现为一种牵挂与永诀。

如果我们还记得,会发现与教父类似的关系建构似曾相识,有一部名著《简·爱》,同样在建构爱情以外的关系。大火之后,简·爱离开了罗切斯特家,开始流浪。圣·约翰一家收留了她。继承遗产后的简·爱以一万五千英镑确立了与圣·约翰一家的亲情,这笔钱平分给了圣·约翰家的三兄妹,一人五千英镑。简·爱对圣·约翰说:"我已经下定决心,要有一个家和几个亲戚……部分地报答深厚恩情,给自己赢得终身朋友的乐趣……而你却根本想象不到我多么渴望兄弟姐妹的爱。"稍微理性一点的圣·约翰表示质疑:"简,你所渴望的家庭联系和天伦之乐,除了用你考虑的方式之外,你还可以用其他方式获得啊。你可以结婚。"但简·爱固执己见，不耐烦地拒绝了。简·爱也在命名人的关系，命名"亲情"和"友谊"。这种建构最后也没有实现，但邀约却发出了。关系建构的失败在小说中是常见的事。但小说里的建构可以以逻辑作为桥梁，获得成功。我们可以超越日常生活中的"天意"，偏执地建构"人意"，在小说里完成这部分人意的提醒，提醒我们还有许多情感类型散乱地存在于现实生活中，我们可以打捞它们、命名它们。

这么说可能比较抽象。我自己写过一个小说，收在去年的小说集《樱桃青衣》里，第一篇小说叫《蕉鹿记》，其实就提了一个问题，当老年人再次恋爱又分手，我们作为双方子女却相处得很好的时候，这种关系要怎么命名。长辈们分开了，小辈们还需不需要来往，可不可以继续当朋友。肯定是没有缘分走到"亲情"，最多算是一种"友情"的关系算是什么呢？男女之间有没有纯友谊？我觉得有的。譬如我和我继母的儿子就是纯友谊。虽然小说里的事在现实中并没有真实发生过，但我完成了"虚构的邀约"。这是我想说的第一点，契约与命名。

第二，我想说的是欲望的体积，就是小说的体积。我不是一个热情洋溢的人，我想，我们写小说的时候，是什么支撑我们一定要写这个小说呢？有没有什么"天打雷劈也要做"的强烈动机呢？我们中文系显然不提供这样的动机。有一种报考创意写作的动机很常见，心里一直都有一个想写的故事。海明威说，有不幸的童年就可以写作。也有比较著名的说法，小说是一门展示心碎的技术，也是挽救心碎的技术。只要是心碎过的人都会想说，我是不是收到了邀约，我是不是可以进场虚构了。我觉得这是很可疑的。我已经出版了十八本书，每一本书都有人问我是不是在写我自己，我觉得很有意思，我怎么可能有那么多自己可以消费？我的经验是，心里有一直想写的东西，就快点写掉，一本书写不完，两本书肯定要写完了，不要让它变成心事。做完之后再问我对写作还有没有兴趣，如果没有，那就解脱了，去找更喜欢做的事情做。如果对写作还有兴趣，那就轻装上阵，感受创造和推理的乐趣。

纳博科夫二十七岁时写了处女作《玛丽》，这部小说的序言里写："众所周知，初次进行创作的人具有把自己的经历写进作品的强烈倾向，他把自己或者一个替代者放进他的第一部小说中，这样做与其说由于现成题材的吸引力，不如说是为了摆脱自我后可以去轻装从事更美好的事情。"这个更美好的事情是什么呢？我觉得是实践征服或者说改变世界的欲望，这个欲望不会粘着在"自己的经历"上难以脱身，相反是要甩掉这部分负担之后，轻装上阵体验并驾驭虚构的能量。是写作让我知道，我是个对世界还有欲望的人。我——一个文科生，也曾经是一个想要改变世界的人。

虚构的邀约，到底是约还是不约？不知道。需要我们一起来建构、一起来命名,我们将之与征服世界的方式做联结,与相信我们的读者做契约般的联结。

张怡微,女,1987年生,现任教于复旦大学中文系。出版有小说、散文近二十部,代表作品有长篇小说《细民盛宴》、短篇小说集《樱桃青衣》。

行走在有灵的故事里

林　遥

写作几乎可以算是世界上最枯燥的行业之一。最起码我是这样认为的。写作期间和他人没有互动，和环境没有互动，没有炫目的道具，没有具有视觉冲击力的效果，就是一个人，面无表情地纠结着自己。

我出生的地方叫小鲁庄，是北京最西北一个区里的小村庄，学校的后面就是大山，我常干的事就是逃课去爬山。我的父母，还有十岁之前的我就生活在那儿。一个小乡村，有山有水，也有古老的传说和历史。所有的经历，与很多乡村长大的小孩一般无二，只是我喜欢了文学。

我的父母虽然粗识文字，但很少看书，更加不看文学作品。文学和他们并不存在关系，哪怕是后来我写的书，他们顶多只是摸一摸。

我现在一直很怀念二十世纪八十年代的文学氛围，生活在这样一个偏远的乡村，每月有半个月还会停电，而我居然可以在一些人的家里看到《收获》《十月》《啄木鸟》这些文学刊物。那时代，在人们眼中文学神圣至极。

父母的生活很简单、实在，浪漫和抒情跟他们无关。关于未来，他们的每个决定都是实在的，身畔的一切，无论是潺潺的流水，抑或是连绵的青山，或者是朝霞、夕阳、雨丝、风片、冰凌、白雪，他们既不关心，也不欣赏。大地上的万物，他们关心的只有粮食和蔬菜，只有那些能够改变生存境遇的东西。

如果说有对幼小的我产生文学影响的人，我想应该是我的祖母。在我记忆里，我很小的时候，她就已经很老了。我是她最小的孙子，也是她最喜欢的孙子。我常常坐在她的膝前，听她讲述一个又一个古老的故事。这些故事构筑起一个因果循环、神秘莫测的世界。我这才知道，原来除了生活的世界，还有另外一个世界，那里面的人与我们息息相关，却拥有另一种人生。

这些故事是什么？长大后我才明白，它就是文学的一部分。

等我开始识字，可以进行阅读后，我突然发现，那个世界升华了，虽然我仍无法触摸到它，但它潜移默化地告诉我真与假、美与丑、善与恶、生与死、成功与失败、幸福与悲伤……这种文学的滋养，在不知不觉里让我变得敏感、激烈而充满幻想。

当幻想到了极致，我提起了笔。

提起笔要干什么？我承认自己是迷惘的，我的初心只是试图讲述一个在心中盘旋了许久的故事，继而产生野心，力图通过一个人的故事，让古往今来所有人的故事浮现纸面。

文学不是励志的格言，不是非黑即白的答案，文学是对生命现象的真实理解、包容。一个文学人物十分钟的行为，可能是他十年经历的反映。

卡尔维诺在《看不见的城市》里说："如果你想知道周围有多么黑暗，你就得留意远处的微弱光线。"

这束光线正是我文学创作的源头。透过这束光，我把真实生活讲成了一段段故事，一段段在特定环境下人性的故事；我把生活中的人物描写成和自己很像，但又绝不相同的人。

我深深迷恋这种讲述的快感。这种快感就来自在这些故事中的任意行走，毫无阻滞。

有人把小说和故事分开说事儿，有的小说家甚至鄙视讲故事者，认为故事这个东西上不得台面。我不这样认为，我觉得一个好的小说家必须是个好的讲故事的人，这两种文体从来都是连在一块，不可分割的。

故事有目标，有起点，有终点，圆满而封闭，区别只在于讲述方式的不同。托尔斯泰说过，幸福的家庭都是相似的，不幸的家庭各有各的不幸。可见生活是多种多样的，讲述故事的方式也应该是各自不同的。

小说的叙事方式是综合的，生活的可能性决定着小说叙事方式的可能性，生活的多样性决定着小说表现方法的多样性。而我最初习惯性地"从头道来"，用千篇一律的方式来讲不同的故事，最后，原本精彩的故事因为叙事的平庸而平淡无奇。

用传统线性叙事模式对图像裂解的世界做出整体性描摹是极其困难的，于是，小说的写作成为一个极具挑战性的问题。在这种情势下，存在主义、超现实主义、新历史主义、魔幻现实主义、哥特主义等文学流派与现代写作技法应运而生，对裂解的世界的破碎性进行相应叙述。

我产生了挫败感，觉得自己运用语言的能力遭受到一种袭击。文学并不是对现实的一味模仿，文学还要与零散化的趋势进行抗争，还给人类一个完整的体验世界。在我编织的故事里，我希望能探讨更多可能性，纳入不同的观念，接受不同的表达生活、面对世界的方式，养成多元的艺术趣味和美学习惯。文学不仅仅用来讲故事，而是要讲故事背后一层层的联系，为时代的人们提供一种意识和情感表达。

侯孝贤拍《海上花》时找阿城担任"文学顾问"，阿城提醒侯孝贤注意镜头下的"生活质感"。

阿城认为晚清通俗小说之所以动人，理由之一在于作者笔下经常展现了一种繁琐美学，角色人物的搭配服饰、坐卧居室的杂乱摆设、行为举止的闲适随性，每个细节都是作者的白描对象，它们看似跟悲欢离合的故事情节关系不大，但正是这些存在,才让故事里的人物显得有血有肉。故事里的人物有了血肉,也才能敢爱敢恨。

中国的明清笔记留下了很多故事,它们有着起承转合的完整结构,有着中国人特有的生活细节,因果井然。我停下了笔开始阅读,开始尝试用不同风格讲述这些故事,然后用这些故事去解释世界,乐观地展现中国故事的另一面。

一个关于悲欢离合的故事,可以帮助一个人从焦虑和困惑中走出来,这就是文学的魔力。好的小说其实记录的是世态百相,传承的是人类情感和记忆,是我们心的困难,情的困惑,是我们人生的种种境遇情景:真与假,爱与恨,善与恶,美与丑,希望与绝望。

纳博科夫在《文学讲稿》中曾说,可以从三个方面来看待一个作家:"他是讲故事的人、教育家和魔法师。一个大作家集三者于一身,但魔法师是其中最重要的因素。"

我想做一个讲述有灵故事的魔法师,消解焦虑和困惑。我愿意坚持,并这样写下去。

林遥,男,1980年生,作品散见于《文艺报》《北京文学》等报刊,出版有《中国武侠小说史话》、长篇小说《戊戌侠踪》、散文集《明月前身》、诗集《侠音》等。中篇报告文学《世界屋脊上的北京门巴》获得《北京文学》2015年—2016年重点优秀作品奖,入选《2016年度中国报告文学精选》。现居北京。

把忧伤留给文字

周　恺

在刚开始写作的时候，我很喜欢去找小说家或者诗人谈写作谈阅读的文章和书来看，后来才发现，无论是阅读还是写作，别人都无法替代你去思考，文学主张其实是极私人性的，衍生出的主义，也是旁观者的观察总结。来参加这次笔会的前辈都已经写了很多东西，已经形成了自己的一套较为封闭的阅读和创作统系，我无意再去赞同或者反对哪位说的话，我想要谈的是对于作者来讲，或许更为现实的东西，就是我们与文学的关系，我指的是形而下层面的作者与创作的关系。

巴尔加斯·略萨在《给青年小说家的信》中提到了"绦虫寓言"，他把作家的文学抱负比作寄生于我们肠胃中的绦虫，我们整天吃喝归根结底并不是为了满足自己的快感和食欲，而是为了让那条绦虫高兴，他认为文学抱负也是如此，是以作家的生命为营养，正如侵入人体的长长的绦虫一样。巴尔加斯·略萨的个人经历与作品的关系或许可以佐证这个观点，他在文章中举到的托马斯·沃尔夫的例子或许也可以佐证，我很长一段时间都陶醉在这个寓言中，它令我大受鼓舞，所谓的文学抱负不再是主观意识，而是变成了一个客体，生活中一切的幸或不幸，也因由这样的抱负变得神圣起来。去年我参加一个书店的座谈会，一位比我更年轻的作者，向一位年长的希腊作家诉苦，她感到自己越来越像笔下晦暗的人物，希腊作家鼓励她继续这样，并告诉她，好的作家就应该这样。就像略萨鼓舞了我一样，希腊作家的话也鼓舞了她。她可能会因此体悟到文学的真谛，也可能像我一样，把自己的生活搞得一团糟，作品也越来越狭隘。从这时起，我才开始真正思考：文学对我而言意味着什么？

承认自己不是为了作品而生活，或者承认文学对自己而言并不意味着一切，实在是一个残酷的过程，这意味着承认我所从事的事业不是神圣的，意味着承认自己是略萨口中的写匠。经过痛苦的挣扎，我开始重视起生活本身，包括生活中必须面对的种种难题。一些难题是可以化解的，还有一些化解不了，化解不了便有了两种选择——妥协或者逃避。一个手工匠人或者生意人每天也在做着类似的选择，我把这类难题看成是现下的自我与前自我的矛盾，无论是妥协还是逃避，矛盾并不会消失，于是便有了表达。我所说的表达并非特指文学，我留意过最近兴起的短视频，一些人把它当成赚钱的工具，但还有一些人纯然只是为了扮演另一个自己，这就是他们的表达方式，与绘画、作曲、写作一样。由此，我不单把创作当成了一种疏解矛盾的方式，阅读也是如此，文学失去了神圣的光环，变成了一个极普通的窗口。既然只是一种疏解矛盾的方式，为什么还要呈现出来？这也是我曾想问那些并不是为了生存而录制短视频的人的问题。阿甘本在《渎神》中有着精准的回答，他认为这是一种"隐秘的快乐"，与之对应的是罗伯特·瓦尔泽式的"艳丽的愉悦"。瓦尔泽去世后，他的好友塞里希在旧鞋盒中，发现了他的数百张遗稿，均是用铅笔用极细小的字写在车票、烟盒上的，阿甘本认为，这种由不可辨识而引发的与前自我独处的愉悦是艳丽的，而对于其他的人，对于其他难以触摸到前自我的人而言，只能透过他者之镜使得不可理解之物澄明。创作的态度或者创作的主张也许是在澄明的过程中才产生的。

理顺我与文学的关系，并不能帮助我写出更好的作品，但这是我能继续从事写作工作的基础，我不想将自己的观点强加于他人，也不想去贬低巴尔加斯·略萨或者托马斯·沃尔夫（直到现在，我仍以为，他们的作品是文学的两座高峰，我是指他们的作品本身，不是指他们的作家身份，他们如何写出《绿房子》或者《时间与河流》，已经不重要了）。我只想告诉那些跟我有过同样经历，有过同样困惑的人，文学创作可能是神圣的，但更有可能是平庸的，把属于文字的忧伤或痛苦留给文字，你的生活也可以只有生活。

    周恺，男，1990年生，2012年在《天南》第9期"方言之魅"发表小说处女作《阴阳人甲乙卷》，后在国内多家刊物刊发小说二十余万字，2013年获香港第五届新纪元全球华文青年文学奖，2016年参与首届"Shanghai project| 上海种子"展览，为2017年/2018年巴金文学院签约作家。现居乐山。

关于当下文学生态的一点断想

周朝军

您即将要读到的是一位八流小说家兼梦想早日奔小康的文学编辑的一点浅见，按照要求，它至少应该在一千字，如您有耐心，欢迎您躬身核对，八流小说家将不胜感激。现在，八流小说家斗胆耽误您几分钟，他将向您汇报两点近乎幼稚的感想，如您在阅后愿意违心地鼓一下掌，或是配合以面瘫式的微笑，八流小说家一定会自欺欺人地认为自己确实走了心。另外，需要稍作说明的是，八流小说家习惯了玩弄修辞，在后面的一千字中，他决定放弃修辞，以近乎聊天的语气，坦陈其村夫之语。

在近期的文学创作和编辑工作中，我个人一直反思一个问题，就是所谓的纯文学作家们一方面保持着狭隘的纯文学观，针对文学的审美口味单一，在很大程度上把期刊体等同于纯文学，并想当然地把期刊之外的诸如网络文学、畅销书等文学领域指认为非严肃的、非纯文学的。我不否认大部分网络文学和畅销图书的粗制滥造，但面对体量庞大的网络文学和繁芜的畅销书市场，我们不能一棒子打翻一船人，更不能一边大言不惭地说"我的作品是写给能看懂的人看的"或者"我的作品是写给同行看的"，再或者"我的作品是写给有一点文学素养的人看的"，一边又埋怨广大读者不买纯文学的账。换言之，我们不能一边对所谓的纯文学领域之外的作家（作家也好，写手也罢）嗤之以鼻，一边又对他者的名利双收犯起了红眼病。我们应该思考，是不是我们自以为是的纯文学观存在某些问题？再或者，被我们一再贬低的网络文学和畅销图书到底有没有价值？有没有值得我们借鉴的地方？

退一步讲，即便从纯粹的文学性角度出发，我们设定网络文学、畅销书没有任何可取之处，那网络文学和畅销书在广大读者中的传播形式，是不是也值得我们学习？再换一种说法，网络文学和畅销图书占领读者获取信息的途径，是不是值得我们学习？个人认为，纯文学作品抵达读者的方式不应该只是文学期刊及其外围弱小的相关体系，所谓的纯文学作品应该最大限度地溢出所谓的纯文学圈子，文学性和可读性（甚至我们可以直接叫畅销性）并不是天生对立的，他们是可以和平共处的。在这个问题上，有很多作品取得了成功，比如我常常举例的《平凡的世界》。《平凡的世界》比任何一部网络小说以及任何一部三俗畅销书都要畅销。

那么问题又来了，我们的纯文学界并没有给这部小说一个很高的评价，我们的很多纯文学作家甚至认为这部书糟糕透了。谈到这里,新的问题又跳了出来:什么是文学性?文学性由谁来衡量?衡量文学性时是不是也该考虑文学的作用?即便我们否定了《平凡的世界》的文学性,我们谁也不能睁眼说瞎话地否定《平凡的世界》的文学作用——二十年来,他让千千万万的人对生活重燃希望。

说到这里,我自己的思路也有点乱了,问题越说越多,也越说越乱,总之我们不该忽视读者对文学作品的评判权。如果我们忽视了所谓的普通读者,那么所谓的圈内人又凭什么把自己的评判结果强加给他们?所谓的纯文学作家们是该反思自己审美的时候了,是该考虑自己到底该写些什么的时候了,是该考虑自己到底想成为一个什么样的作家的时候了,是该考虑自己为谁写作的时候了。

周朝军,男,1990年生,山东临沂人,中国作家协会会员,张炜工作室首期学员,出版有长篇小说《九月火车》,现居广州,任某杂志社编辑。

持续写作的可能性

草 白

我写作的时间并不算短,但时常感到自己离真正意义上的创作还很遥远;在一些不写作的时间里,也会有一种从来没有写过东西、什么也不会写的那种接近于空白的感觉。

写作吸引我的地方,在于它可以将生活和心灵最深的神秘感以文字的形式呈现。写作者就像一名巫师,一个会施魔法的人。他要让人相信,那个他所营造的文字的世界是真切存在的。写作者对他笔下的文字是有一种狂热的信仰的。他有自己的方法,也有自身的局限,但不管是什么,那都是他认知世界的方式。他还提供给自己和读者一种饥饿感,一种深深的阅读和写作的欲望。

作为写作者,想写,能一直写下去,或许是比天赋更重要的天分。随着生活阅历的增加,阅读面的拓展,以及生命痛感的累积,慢慢地,每个写作者对于写作都会形成一些基于经验之上的判断与理解。

毫无疑问,我们总是会去写那个已成过去的、熟悉的世界，我们需要回忆它，以便让那些回忆中的事物与自己重新建立联系。在这个过程中，我们磨炼写作技艺，建立自己的表达方式。慢慢地，我们还会发现，我们在文字里所遭遇的是另一种现实，一个比现实世界更真实的世界。

如何更好地进入那个世界，如何陌生化地使用词语，如何发现新鲜的语境与用法，以及如何用词语搭建一个完整的世界，这都是我们要考虑的。当然，最重要的是无论何时何地，我们都要保持写作的激情。

我觉得多写是有好处的，把写作当成一种生活——没有一种生活比写作更加积极。它是一种向上的、接近于完美的生活。

这些年的写作经验告诉我，不去写那些与自己的生活无关的东西。没有感觉的东西也不值得写。运用好奇心去写，接受这个世界的神秘感与不确定性，而不是急于寻求解决方案。

灰色比黑和白更混沌，更模糊，更有艺术感，更接近真实。在写作中，我们努力要做到的是摒弃那种塑料花似的不真实感。一些艺术构造过于明显的作品，只能让人感到虚假，哪怕它的思想深邃而独特。没有一个好的艺术形式，无论多么好的思想都是不成立的。

如何建立一种文本的真实感，每个作家都有自己的做法。莉迪亚·戴维斯的做法是：在作品中让语言和情绪足够强、足够有趣，以致故事的形式看上去是不自觉的。与海明威的冰山理论不同，戴维斯的文字好似在表达一块块破碎的冰块。我习惯于在作品中营造一种场景感，让人物在一个有限的空间里活动，将那些碎片化的材料小心地组织起来，融于这场景之中，并让它们成为作品的组成部分。

在这里，我说的是短篇小说写作。相比于别的文体，短篇小说更能凸显语言的美感、结构的艺术性，以及那种形而上的诗意的东西。我心目中好的短篇，无一例外都是冷静、准确、节制的产物。短篇小说的语言是最纯粹最干净最接近于诗歌的语言。

短篇小说的魅力在于它的自由和无限可能性——因为它是自由的，从而也是困难的。写之前满怀期待，完成之后如释重负，再度阅读时则陌生与惘然。写作者不断遗忘他曾写下的一切，忘掉它们，不断杀死自己，去投入下一场写作的战争之中，就像自己从没有写过那样去写，并获得满足。

每个写作者都努力以自身的实践来回答什么是文学作品，什么是文学作品的艺术性。

草白，女，1981年生，作品散见于《上海文学》《作家》等刊，出版有小说集《我是格格巫》、非虚构作品集《童年不会消失》等，曾获第25届联合文学小说新人奖短篇小说首奖。现居浙江嘉兴，曾在《锺山》发表小说《明月夜》。

人有天赋，我有药铺；人有大笔，我有砒霜

南飞雁

首先感谢《锺山》，我很荣幸受到邀请参加这个笔会。我想我跟南京是有缘分的。我现在就读的中国人民大学文学院创造性写作班里，有一位土生土长的南京人崔曼莉，有一位新南京人孙频，有一位爱抽苏烟的张楚。我们在北京聚会的据点之一是中关村的南京大牌档。昨天晚上几位朋友聚会，新南京人孙频来迟了，打电话问我地点在哪里，我说在某某饭店，她脱口而出是不是在某某路，旁边是不是某某银行？我想这就是南京的魅力，能够让一个外地人迅速地喜欢上这里。

我很不善于发言，因为讲不出什么道理，尤其是"文学，主张"这样神圣的命题。我就讲一下我身上出现过的几个画面，看能不能体现出什么来。

2016年春节刚过，是研一下学期，课程很紧，一周要上四个半天。那天是杨庆祥老师上课，讲阿兰巴丢的《世纪》。我在下面看着讲义，觉得阿兰巴丢写得好，庆祥老师解读得

好，都是知识点。这时单位同事发来一份文件截图，红头是"中共河南省纪委办公厅"，正文大意是"因工作需要"，抽调"你单位南飞雁同志"去写一个稿子，"请予以支持"。我看了文件，又抬头看着庆祥老师，觉得此间的妙处不可言说。

这是一种很分裂的生活。从 2002 年毕业参加工作，十几年里我几乎都处于这样的状态。上班、开会、写报告、做总结、申报立项、申请补贴，偶尔被抽走搞督导、巡视、培训。十几年中写下了无数公文材料，差不多有一套《金瓶梅》了，不过只是字数上近似，一切都与文学无关。持续到第六年，按照《金瓶梅》的回目是到了《抱孩童瓶儿希宠妆　丫鬟金莲市爱》之际，我的公文材料写得越来越好，不但单位里的各类文件我都参与，上级单位还时不时抽调我去写。但同时，我感到即将被文学彻底抛弃。这时我来到鲁院学习，我暗中对自己说，四个月里如果再写不出来一篇像样的小说，那就是露水夫妻情分已定，就安心去写公文吧。此时的气氛有些悲壮，颇像西门庆和王婆的一段对话：

西门庆道："干娘，周旋了我们则个，只要长做夫妻。"

王婆道："这条计用着件东西，别人家里都没，天生天化，大官人家里却有。"

西门庆道："便是要我的眼睛，也剜来与你。却是甚么东西？"

即便没看过《金瓶梅》的，也知道王婆说的是"砒霜"，因为西门庆开着家生药铺。王婆的回答忽然让我醍醐灌顶。其实也不是王婆的回答，而是王婆那句兜圈子的话："别人家里都没，天生天化，大官人家里却有。"四个月后从鲁院结业，我写出了中篇小说《红酒》，成为"七厅八处"系列的第一篇小说。再往后是《暧昧》《灯泡》《空位》。七年时间，四个中篇，这样的"系列"让我无地自容。尤其是2015年起在人大读书，班里确实是藏龙卧虎，牛人很多，年纪大的比我写得好，年纪小的比我写得更好。正如西门庆听说武松来找，"吓得心胆都碎，便不顾性命，从后楼窗一跳，顺着房檐，跳下人家后院内去了"。我没有西门庆的身手，也没有人家后院可跳，只好勉强自己不再偷懒，于是就有了"七厅八处"的第五个中篇小说《天蝎》，第一个短篇小说《皮婚》。

五个中篇，一个短篇，合计二十万字，都发生在"七厅八处"。西门庆有他的生药铺，天生天化就有砒霜；我有我的"七厅八处"，天生天化就有生活。如此的生活当然并非我独有，只因我没有其他的生活。我一直恐惧读同龄人的小说，偏偏我们那个班里有一门课，叫学生作品讨论，每位同学必须提交一部新创作的中短篇小说出来，给其他同学分析评判。读了大家的作品之后，我幸运地发现了一个选题，同学们是无论如何也写不出来的，就算写得出来也一定写不过我，这个选题就是绝望。各路同辈强人们早已占下码头，抢了生意，圈走地盘，以至于抬头一望，各个题材的山头上都有"替天行道"的杏黄旗迎风招展，类似武松者熙熙攘攘。扭头再看，倒有一个去处人迹罕至，那就是我的"七厅八处"。此处无老虎，猴子称霸王，何况我本来就属猴。

人大创造性写作班里，班长张楚人缘好，经常有各路强人慕名来斗酒，我自认酒量尚可，自告奋勇去陪酒助拳，也得以放倒并结识了不少朋友。在人大这三年，认识的作家、编辑比我之前所有认识的都多。我平常的朋友是与文学基本无关的，上至厅长下至司机，广泛分布在某厅某处中，这就是我天生天化的生活。接到省纪委的借调函，我忙请了假去报到，发现要写的稿子是一个警示教育片的脚本，对象是一位两规中的原市委书记。省纪委提供的资料不许带走，只能在现场看，能拷贝带走的也都是加密文档。看了几十卷案宗，在看守所见到市委书记本人，采访、笔记、聊天、拍摄，几千字的脚本各级审阅，六易其稿。直到庆祥老师的课结束了，梁鸿老师的课结束了，姚丹老师的课也结束了，悦然老师的课也结束了，一个学期都结束了，这个脚本还没有最后过审。最后一稿前，我基本上处于思路崩溃的边缘，劳马老师端着酒杯对我耳提面命一番，于是乎思路顿开，迷浊不再，推翻一切重来。

这大概就是我天生天化的生活中的一个片段。

开生药铺的老板当然不止一个，善于使用砒霜的却只有西门庆一人。在这个意义上,我愿意学习西门庆,以卖药谋生,以砒霜谋爱,在如何用好砒霜上多下功夫。所谓人有天赋,我有药铺,人有大笔,我有砒霜。这大概就是文学,我的主张。谢谢大家。

南飞雁,男,1980年生,祖籍河南唐河,河南省作家协会副主席,作品多刊发于《人民文学》《十月》等杂志,为多家选刊选载。曾获中宣部全国"五个一"工程奖,河南省"五个一"工程奖,《人民文学》年度中短篇小说奖,《中篇小说选刊》年度优秀中篇小说奖等。现居郑州。

偶然又必然，成熟又天真的小说写作者

徐 衎

有个比喻说，出来找乐子的男人，碰上用情太深的女人，犹如钓鱼钓到白鲸。回顾最初开始写作的那个无意为之误打误撞的节点，差不多也像在时间的晃荡里突然钓到了一头白鲸。一晃就写了这么多年了，原本只是无聊消闲信笔游戏的无心之举，竟持续到了现在，惊喜之余也有惘然，要知道当年我的第一志愿可是外语系啊，当我得知被调剂到中文系时，第一个念头就是，妈呀，赶紧转专业啊。后来发现中文系的日子实在太好过了，我也就踏踏实实地见异思迁了。

回顾过去，那些和文学和写作有关的日子，如鲸搁浅于岸，时间便是汪洋大海。我经常会想，假如天随人愿，我顺利从外语系毕业，我和文学的关系还会如现在这样紧密吗？我想，我还是会以其他的形式尽可能地与文学离得近一点，再近一点，毕竟这对于我，是一种不可或缺的处置时间的方式。

时间对于有些人来说是不友好的，因为过分慷慨而显得面目狰狞，于是想方设法地杀时间。时间成了谋杀对象，还谈何珍惜呢？张爱玲说：时间与空间一样，也有它的值钱地段，也有大片的荒芜。不要说"寸金难买"了，多少人想为一口苦饭卖掉一生的光阴还没人要。

同样是为了对抗无聊，试图在和时间赤膊相对的时候抓住点什么留下点什么，在时间洪流中寻找所谓的"意义"的幻觉，或者只是为了缓解自己与时间的紧张感，相对不那么焦虑地与之共处，于是有的小伙伴成了篮球高手，有的成了麻将名将，有的成了吃货，有的成了称职的平凡人，享受平凡的生活而不觉得不凡，至于我，成了一个写小说的。写下的文字当然会速朽，但也有可能是另一种局面：文字比人更长寿，文字代替人走得更远，这不能不说是一种极大的诱惑。于是最初记录倾诉的乐子早已不那么纯粹了，写作也成了人生的枷锁之一，理不清是因为沉重才写作，还是写作加深了沉重。这有点像一个悖论：写作原本是为了消磨时间，但现在常常会因为没有太多时间去很好地"消磨时间"而焦虑。

反观我周围那些不写作的人，风平浪静地在一个不大的城市过一生，小城设施完备，足够他们从事精神生活与物质生活，只是少点希望和爱情，可这两样东西不是每个人都想拥有或可以拥有的，生活最重要，其他的都是闲事。在我看来，有些人本来应该悲观的，可是他们打麻将打游戏唱卡拉OK，非常快乐，搞得我自己都怀疑我的悲观是否掺了水分。

趋利避害是人的本能，生活上我也愿意如此，可到了写作上，我不仅是趋害避利，如果有得选的话，我决不两害相权取其轻，相反我一定会取最沉重最阴郁的那部分，这暗含我用文字置换不幸与哀愁的企图，似乎用文字经历了，在现实中也许就能得到相应的赦免。

写小说的时间久了，就是会有一种优越感兼忧患意识，全因虚虚实实的边界日益模糊，虚构弥补现实，现实印证虚构，有时南柯一梦，有时叶公好龙，小说的阅读与写作唤醒我对生活细节的重新认识，唤醒我从有限的物质空间中获得一种精神的伸展。这也是我依然还和那群不写作的人们一起生活在那座小城的重要原因之一，我甚至比他们看上去更安于小城的小。

虽然写小说有它的副作用，但小说写作和小说阅读一样抚慰人心，同时使我观察自己如同他人，观察他人如同体己。写作，后天强化了我的悲悯，后天培养了我的反躬自省。

我承认，我在某些方面确实存在匮乏，写作即填补匮乏，每写一次就查漏补缺一回，细究起来，大部分文字都是我在现实中未完成的忏悔、代偿。有时受到善意的批评，"你在重复自己"，我乖乖认栽，流露出病人的审慎与无辜，全因某一类"匮乏"已然成为痼疾，病入膏肓，只好反反复复，一遍遍地治标不治本。

我也承认，我是仰仗着阅读和写作才弄明白一些事情的。如毕飞宇所言：写小说是一个不断克服写作困难的过程，最终可以帮助我们发现并塑造更加强大的自我。又如张爱玲写道：像我们这样生长在都市文化中的人，总是先看见海的图案，后看见海；先读到爱情小说，后知道爱……这份气短心虚，延续至多年后的《小团圆》，她依然写道："写爱情小说，但是从来没有恋爱过，给人知道不好……"

纸上得来的二手阅历，拼拼凑凑，为我提供了一次次涉世的演习，心里早已重山跋涉，历经沧桑，可一撞到正儿八经的现实，立刻暴露"涉世未深"的笨拙。这样的知行不一让我感到羞耻，或许哪天，我需要用文字做短平快的投枪匕首；又或许哪天，我大彻大悟了，我也就做小说的叛徒了。但眼下，我还是小说坚定不移的信徒，因为实在想不出还有什么能使人既世故又敏感单纯，既强悍又曲折变通，既历经沧桑又生气勃勃，正如波兰作家布鲁诺·舒尔茨所说，他成熟时期所有的奋斗都是为了重新接触他早年的力量，都是为了"成熟为童年"。

徐衎，男，1989年生，小说散见于《人民文学》《收获》《上海文学》等多家刊物，曾获第五届"人民文学·紫金之星"短篇小说佳作奖等。现居义乌。

做一只笨拙的蜘蛛

曹 潇

我在写作的时候，有个习惯。每篇小说后面都附着一篇后记，名字都叫《Writer 的话》。后记其实是跟小说同步进行的，甚至会早于小说的创作。后记详细地记录了这篇小说从构思到完成的全过程。我在创作过程中经历了怎样的调整，情绪上有怎样的变化，包括这期间看过什么书，听过什么音乐，都记录在里面。当我回头去梳理以前的小说，看到后记就能回想起这篇小说是如何完成的。

唯有一篇例外。我的短篇处女作《西湖边的对话》没有后记，也没有具体的创作时间。我只记得那是 2008 年的夏天，我父亲跟我说，你写个短篇小说给我看。我不知道什么是短篇小说，更不知道怎么写。怀着懵懂和忐忑的心情写了一个礼拜。随着时间的推移，我越发地感觉到最初的这次创作是多么重要。这篇小说包含了我之后创作的所有元素，也让我找到了自己的叙述方式。然而我已经无法再回想起创作中的具体细节，就好像是凭空冒出来的一样。我直到现在都很懊恼，为什么没有留下一篇后记？

我对记录小说的创作过程有如此执念，跟我的写作方式有很大关系。我的创作都是依靠个人经验完成的，靠想象完成的作品几乎没有。偏偏我的生活又很简单封闭，所以经常是写了上篇没下篇，因为不知道该写什么了。在写作的空窗期，就会把以前的作品拿来重读，然后慢慢地摸索接下来的写作路线，找到自己想要的东西。

想得慢，写得慢，创作的变化则更细微缓慢。在2011年完成的短篇小说《温暖的小窝》的后记里，我写道："我从来都不是一个勤奋的写者。在文学创作上，我并没有多少天赋。我是一只蜘蛛，一只很笨拙的蜘蛛。我织不出精巧的网，只能默默地蹲守在属于自己的角落里，用消极的等待去捕捉一个个灵感。我并不追求文字和细节的精准度，我只想在看似散漫的叙述和铺陈中，一点一点逼近我想要的东西。在这个过程里，我体会到一种无法言说的快乐。"

我也曾想过要改变这样的创作方式。因此在写完《温暖的小窝》后，我进入了漫长的写作调整期。这是一种无奈的选择。我必须学会在写作的过程中保护自己。但这也意味着以前作品中那种犀利和尖锐的锋芒会被削减，这是我不愿舍弃的。我为此痛苦了很久，不断地自我否定，我觉得我已经失去了以前的灵气，甚至一度中断了写作。直到2016年完成短篇小说《零听》，我终于明白，我必须要放下这些顾虑，慢慢学会如何管理好自己的情绪,学会如何在写作的时候融入自己的感受而又避免伤害到自己。贴近自我和保护自我这二者之间的平衡点,我还没有完全找到,好在我有时间去继续调整。

我最新完成的中篇小说《猫有余》有个很长的副标题:很多人都知道我要写故事,没有人知道我会怎么写。这两者之间微妙的错位在于关注点的不同:我的身上总是会发生一些富有戏剧性的事情,知道的朋友就会提议,这个(事情)可以写成一个话剧啊或者是一个小说啊。我清楚地知道,单凭这一点不足以构成一个小说。在我的小说里,几乎找不到一个集中的事件,而是密集度很大的个人经验和体验,非常松散地、漫不经心地放置在人物的对话中,实则每一句话都经过精心的安排。我当然知道该如何去安排情节,塑造人物,写一个集中又好看的故事,这是我的专业,然而我清楚地知道,这并不是我想要在小说里呈现的重点——甚至我压根就没考虑过这些。

这样的创作与当下的阅读习惯是不相符的,也不仅是对读者耐心的挑战,也是对编辑耐心的挑战,当然,更是对我自己耐心的考验。我还是那只笨拙的蜘蛛,写不出讨巧的作品,只知道硬碰硬地去直面每一个情节每一个人物。我早已习惯了这样的写作方式,并且乐在其中。这对我来说或许才是最重要的。

曹潇,女,1988年生,鲁迅文学院第十五届青年作家高研班学员,安徽文学院第五届签约作家。作品散见于《十月》《山花》《青年文学》等刊。现居合肥。曾在《锺山》发表小说《白海芋》。

我的一点写作渊源

惠　潮

感谢邀约，让我能在这美好的四月，来到美丽的古都南京。

我是 2006 年开始写作的，不幸的是，当时我已二十五岁。大多情况下，这个年龄的写作者或多或少都有了一些成绩，而我才刚刚开始。十几年后的今天，当我终于可以在公开场合谈谈自己的写作渊源时，我的写作却依旧平庸，这应该才是我真正的不幸。

我出生在陕北乡村，有十几年的乡村生活经验。后来，我离开故乡，在城里学习、生活。当故乡逐渐没有了亲人，我以为自己一天天地把她遗忘了。然而当我开始写作的时候，我惊讶地发现，正是少年时代的乡村生活经验，让我开始了自己的写作。在以后每一个写作的日常里，她都没有缺席。

我常常在故乡熟悉的逐渐老去的长者的讲述里，在年轻的陌生的孩子们的讲述里，还原和建立着我缺席时候的他们，以及他们卑微的存在。当你多年前熟悉的一个人突然不在了，你竟然不知道，在你的想象里，他可能发达了，也可能落魄了，而你没有勇气想象他不在了，可是他的确不在了。你的想象此时是多么的匮乏，此时你又是多么的恐慌。你试图在记忆里和别人的叙述里弄清楚他的一生，抑或半生，你都会感到自己的无力，感到生而为人的渺小。他曾经存在过，即使卑微如尘，也有他存在过的价值，哪怕这价值已经被后人忽略或遗忘，而你却不能，也不忍。

于是，我不再袖手旁观，而是自觉主动地成为一个记录者，设身处地记录他们曾经的苦痛与屈辱，喜悦和荣光。因此，无论今天我们在探讨文学的什么话题，我觉得生存和命运，依旧是文学的母题。听说福克纳一生都在书写他那邮票大小的故乡，如果这是真的，我应该喜出望外，我为自己的写作找到了新的依据。

适逢《锺山》四十岁生日，愿《锺山》不弃，携我一程，愿《锺山》明天更美好。

惠潮，男，1981年生，2006年开始写作，陕西文学院签约作家。作品见于《清明》《朔方》《四川文学》等刊，出版有长篇小说《南庄的困惑》《盲谷》。现居陕西延安。